Second

男たちのセカンドライフ

黒木 登
KUROKI Noboru

Life

文芸社

1

車を運転中に、携帯電話が鳴った。

車の往来が激しく、電話に出ようとしても車を停めるスペースが見当たらない。前方にコンビニの看板が見え、あそこの広い駐車場で電話に出ようと思っていると、着信音が切れた。

思わず舌を鳴らす。

手際の悪さは、いつものことである。

車のハンドルを握りながら、左手で携帯電話を耳に当てていたときだから、半年も前のことだろうか。

息子からのしょうもない電話だったが、話し込んでいるうち、突然パトカーのサイレンの音が聞こえた。いつの間にかすぐ後ろにつけていたパトカーがサイレンを鳴らしたのだった。

そして停止を命じられた。

運転中の携帯電話の使用は、道路交通法で禁止されていた。分かっていながら電話に出たのだから、さんざん説教をくらった後、反則金まで言い渡された。

事故に遭わなかっただけでも良しとしなければならなかったが、気がむしゃくしゃしてルームミラーでパトカーに気づかなかった自分にも腹が立った。

反則切符を切られ、違反点数三点と、反則金二万円ちかい出費は、やはり痛かった。

あのときの苦い経験が頭から離れない。

以後、車を運転するときは、何事につけ慎重を期しているのだが、これは小心者の用心深さからだろうか。

ルームミラーをひと回り大きいものに変えて、後続車両を見えやすくしたのも、つい最近のことである。

コンビニの広い駐車場で、ようやく車を停める。

携帯電話の着信履歴を確認すると、電話の主は友人の日高雄二だった。

「運転中だったのか、悪かったな……」

電話をかけ、返ってきた言葉がそれだった。電話に出なかった理由を悟っていたようだった。

「いや、そう急ぐ用事ではなかったのだが、是非お前の耳に入れておきたいと思ってさ——」

「一体、何だい？」

訊ねると、

「お前と親しかった山田哲夫、亡くなったらしいぞ」

「亡くなった？」

一瞬、ドキッとした。背筋に冷たいものが流れた。

「俺も、昨日知ったばかりなんだ。何でも家族だけですでに葬式をすませたらしい」

「……」

突然の訃報に絶句し、次の言葉が出なかった。

山田哲夫とは、旧知の仲だった。

小中高と、一緒に学んだ仲間である。

大学は違ったが、卒業後、県庁へ入ったことを人伝に知らされたときは、さすがに学のあるものは違うな、と羨ましく思ったものだった。

同窓会やクラス会で何回か旧交を温めるうち、山田は意外なことを打ち明けた。

「今は県庁で働いているが、思うことがあって、いずれ自分なりの納得のいく仕事をやってみたいと思っている。定年後、それを始めたいのだが、そのときは一緒にやらないか?」

その後、何回となく会ったときも、その決意は少しも変わらなかったようである。むしろ夢を熱っぽく語るたびに、その熱意に心を動かされたものである。

五十代に入った頃になると、彼の話はピークに達していた。

「今は、知っての通り少子高齢化の時代だ。子供は少なく、高齢者が増え続けている。このままだと人口分布のバランスの歪みは、いろんな問題を引き起こすだろう……」

と言って、前途を悲観し、危惧した。

「例えば、年金問題や医療費の高騰などに目を向けてもそうだ。社会保障は、現役世代が高齢者を支える制度だから、少子化が進んで現役世代が減ってくると、この制度自体の存続が危うくなる。人口減少は避けられそうもないし、若者だけで日本経済を支えるのも限界がくるだろう。

もちろん、これらの問題は国が考えることだが、ただ指をくわえて傍観しているわけにはいかなくてさ。定年後の我々の生活を考えると、不安の波がジリジリと押し寄せてくるような気がするんだ。

寿命の延伸に伴って働き手が減少するのも目に見えている。そんなことを考えると、今のうちから何か手立てを講じておく必要があると思うし、定年後のやるべきことが自ずと見えてきたような気がするんだよ」と。

つまり、定年後は何か起業し、シニア層の手で疲弊した地域社会を元気づけられないものか、というのである。

真面目で洞察力が鋭く、社会的見識に長けた人物であることは以前から分かっていた。

県庁入庁後、知事部局で県の基本政策の立案から福祉保健行政や産業振興、あるいは生活環境の整備などいろんな部署を渡り歩き政策に携わるうち、疲弊した地域社会の現状や地域間格差の問題などにも触れて、社会改革の意識が自ずと高まってきたのか、本来の豊かな感性が刺激されて、やるべきことが次第に煮詰まってきたらしい。

むろん、公務員として定められたルールの中で、その仕事を無難にこなせばよかったが、持ち前の飽くなき探求心や鋭い感受性は、妥協することを好まなかったようである。先行き不透明な社会を懸念するたびに閉塞感やジレンマに陥ったらしい。

異動で都市部を離れ、僻地の出先機関へ赴いたときは、その地域特有の土地柄に触れて、さすがに衝撃を受けたようだった。

もともと過疎化に伴う地域間格差の問題は熟知していたものの、出先機関の職員としてその地域の現状に触れてみると、そこには予想以上に限界集落的な雰囲気を感じざるを得なかったという。

中山間地域ともなれば、交通の便の悪さからくる閉鎖的な土地柄はもちろんのこと、平成の大合併のあおりで行政区の広さや人口規模などにもバラつきが生じたことは否めなかった。

そして、そこも同様に、人口流出に伴う急速な少子高齢化や過疎化現象の波が著しいところだった。

その地域は、人口五百人程度の小さな集落だった。

小学校の廃校を機に急速に衰退化が進み、今では六十五歳以上の高齢者比率が五割以上にも達し、半数以上が高齢者だという典型的な過疎地域に変貌していた。

周辺には昔ながらの畑や田んぼなどが広がっていたが、後継者不足や不在地主などの増加に伴って荒廃し、先祖代々の墓地なども荒れ放題だった。

人口減少に伴い、担い手不足からくる産業機能の低下も著しかった。基幹産業だった第一次産業は衰退し、商店や事業所も閉鎖、撤退を余儀なくされていた。公共交通機関の撤退、病院や診療所の廃止に伴って医師不足も深刻化し、住民生活が脅かされていた。

高齢者のほとんどは、わずかな年金で細々と生活していた。独居老人が多く、特に悲惨だったのは高齢者の孤独死だった。死因の大半が病気だった。

核家族化が進み、家族関係が希薄になっているのも原因の一つだっただろうか。身寄りのない高齢者が増えていたのである。しかも妻に先立たれると、男性のほとんどが話し相手を失い、孤立していた。その逆も同じだった。車を持たない高齢者は買い物にも行けず、買い物難民ともいわれたことがあったが、ここでも同様のことがいえた。

高齢者の自立どころか、住民間のネットワークも悪かった。非常事態に陥ると、助けを求めることもできず、手遅れになるケースもあったという。

行政とのパイプ役として民生委員の活動に期待する向きもあったが、ここでの活動は低調だった。児童虐待や引きこもり、地域住民同士のトラブル、あるいは孤独死などといった対応の難しさに手を焼く人も少なくなかったのだ。

行政との連絡や相談など高度な取り組みから自身のアイデンティティが問われ、ジレンマに陥る人たちも多かったという。しかも活動は無報酬の上に、仕事はハードという暗いイメージも拭いきれず、担い手不足に頭を抱える自治体もかなりあったらしい。

打開策として、地域自治体は集落統合による行政区の再編を行うべきだとして連帯を模索し、住民との協議に入った自治体などもあったが、なにしろ合併による地域間格差の問題は、いろんな歪みを巻き起こしていたし、もはや修復困難という他はなかった。

合併補助金や合併特例債を利用して地域の学校や住宅などインフラ整備に効果を上げるところがあったものの、一方では地方の活力低下や地域経済の落ち込みが著しいところもあり、合併に伴う地域間格差の問題はさまざまな亀裂を巻き起こしていたのだ。

合併に伴う地域活性化の呼び声は高かったものの、順風満帆とはいえなかったようである。

県も市町村と連携して過疎化対策に乗り出していたが、まだその途上に過ぎなかった。地域間で社会資本整備に格差があり、企業誘致案が持ち上がっても道路網の不備などインフラ整備の立ち遅れが目立ち、見直しを迫られることもたびたびだった。

中山間地域への医師派遣や巡回診療にしても、医師不足や経費削減など財政上の問題も絡んで頓挫するところも多かった。

行政が関与すれば何でも解決できるような単純な問題でもなかったのは、そこには必ずといっていいほど複雑な地域背景と財政上の問題が大きく絡んできたからである。

中山間地域を抱える自治体は、どこも財政基盤が脆弱だった。財政力に乏しい自治体が多かったのだ。財政圧迫を避け、とかく緊縮財政に徹しなければならないという苦しい台所事情を、どこも抱えていたのである。

難題を抱えながらも直ちに手が付けられなかったのは、行政の力にも限界があったからだし、諸問題を解決する道のりは、口で言うほど平坦なものではなかったのだった。

有志が立ち上がり、食料品などを車で移動販売するという頼もしい行動に出るところもあった。が、移動するのに多くの時間を要したせいか、採算性が悪いという理由で、止む無く中断せざるを得ないケースもあったほどだった。

そこに人が住んでいる限り最低限の生活が保障され、維持されなければならないのに、都市部と過疎地域の生活水準の格差をどう是正すればいいのか？　過疎、高齢化で疲弊している地域をどう再生すればいいのか？

前途を危惧し、真剣に模索する人たちに交じって、山田がことのほか是正意欲に燃えていたのは県職員としての自覚よりも、むしろ人々を元気づけて、そこに生きる喜びや安らぎを与えてやりたいという彼自身の倫理観や人生哲学によるものが大きかったのかもしれなかった。

彼の、澱みのない目と、疲弊した地域を元気づけようという熱意は凄かった。空き家やシャッターの閉まった通りを見るたびに、胸の奥が痛んだという。独り暮らしの高齢者が死亡し、数日後に発見されたときは、さすがに過疎地域の悲惨さを叩きつけられ、ショックを受けざるを得なかったとも言っていたそうだ。

山田は、真面目だった。そして真剣だった。

その異常なほどのバイタリティーはどこからくるのか、と同級生や友人からは奇異の目で見られたほどである。

程度の差はあれ、地域活性化で成功している事例なども各地で報告されていたので、山田も知恵と創造力を働かせれば、その地域の過疎化からの脱却はそう難しくない、と信じて疑わなかった。

そして、山田は、疲弊した地域に灯りを灯すカギをシニア層が握っている、と豪語するのであった。日本の高度成長をシニア層がずっと支え続けてきたのだから、その底力は計り知れず、侮れない、と。現役時代に培った豊富な経験や知識を活かせば、疲弊した地域での活性化は不可能じゃない、と言い切るのだ。

自ら起業し、疲弊した地域社会を元気づけたいという試みは並大抵のことではなかったが、彼の卓越した知識や、高いスキルと情熱は常識を超え、その地域での活性化へ並々ならぬ闘志をみなぎらせていたのである。

もっとも定年後、働ける場が少ないという理由で、定年退職者が引き続き働ける再雇用制度は整備されつつあったものの、まだ十分とはいえなかったことも、彼自身のユニークな発想に拍車をかけたらしい。

要するに、山田は将来の自分自身も見据え、多くの仲間を巻き込みながら起業し、定年後の第二の人生を、いわゆる有意義なセカンドライフを描こうとしていたのである。

「生き甲斐とは、そういうもんだろう？」

山田のインパクトのあるコンセプトに、なるほどと頷く。

「それ、素晴らしいことだよ」

「だろう……。高齢化の波は、歯止めが利かない。国の推計では、高齢化率は徐々に上昇し、二〇六〇年には四割にも達すると言われている。その一方で子供たちは減り続けている。このままだと税収は先細る一方だし、社会保障費や老朽インフラ等の維持管理費も重くのしかかってくるのは目に見えている」

と山田は、危機感を示す。

「自治体はますます厳しい行政運営を強いられそうだし、この厳しい現状を考えるとゾッとする。少子高齢化に伴ってシニア層の役割も高まってきているのなら、何か対策を講じなければ大変なことになってしまうだろう。少しでも弊害、リスクを減らそうと思えば、我々が立ち上がるしかないんだよ。そう思わんか？」

そう言う山田に、大きく頷くのが精一杯だった。

山田は、一生働かなければならない時代が必ずやってくるぞ、とも断言していた。

山田を応援したい気持ちになったのは、自分自身、定年後のやるべきことを何も考えていなかったからである。彼に従えば、充実したセカンドライフが送れるかもしれぬ、と他力本願的な淡い期待感を抱いたりしたのは、自分でも少々不甲斐なかった。

2

友人で同級生の一人、日高雄二に言わせれば、山田の言うことは口先だけの絵空事だよ、と反対に冷ややかだった。

日高とは同じ製紙工場に勤めていた。彼は、定年退職後は嘱託で残るよりも家の手伝いをしたい、と漏らしていた。

彼の家は、というより彼の妻は美容師で、家を改築して美容院を経営していた。常連客がけっこう多かったが、ただ競争が激しい業界だったので、たえず浮き沈みの試練に曝されていたことは言うまでもなかった。

〝あなたの髪型をリッチにデザインしませんか〟などと斬新なキャッチフレーズを掲げた新しい店舗ができたりすると、少しずつ客足が奪われた。

スピードカットの低料金店の出現なども、同様に脅威の的だった。

魅力なしでは客足は遠のく一方だったので、客足が減ったとき、日高が思いついたのが、お客の送迎という新たな取り組みだった。

若者と違って高齢者となると、出歩くのも億劫だった。まして交通の便が悪いところでは尚更だ。

しかもAT車によるブレーキとアクセルペダルの踏み間違いによる高齢者の交通事故が多発し、大きな社会問題になってからは、家族の勧めもあり、運転免許証の返納や車を手放す高齢者もけっこう多かった。

結局、足のない高齢者は、加齢とともに町中から遠のく一方だった。移動手段が失われていたのである。

そんな状況の中、休日を返上し、家の主である日高が自家用車でお客の送り迎えを買って出たのは、少しでもお客の不便さを解消し、足の遠のいたお客を取り戻そうという狙いからだった。

電話一本の予約で、お客を送迎する。

このユニークな試みは、功を奏した。

交通の便の悪いところのお客が何人もいたし、杖をついた足腰の弱い年配者もいたので、車での送り迎えは大そう喜ばれた。

帰りにスーパーで買い物をしたいというお客や、ついでに病院へ寄って薬をもらいたいという老人に付き合うこともあったので、この取り組みは評判を呼び、口コミで瞬く間に広まった。

「今のお客さんは、どっちかと言うと、わがままで、気難しい人が多いでしょ。定年後は、お年寄りたちだけでも送迎してもらえれば大いに助かるわ」

妻からそう言われて日高は一念発起、定年後はお客の送迎という新たな仕事に精を出しているのである。

もちろん、お金はとらない。

「その仕事を、セカンドライフと言うには少々おこがましいが、お年寄りや常連客が喜んでくれれば、この上ない意義深い仕事なんだ。これも一つの地域振興策といえば、そうじゃないか……」

と言って、日高は山田に対抗意識を見せつけるかのように自慢したことを覚えている。

その後、美容院の一部を改築。手狭だった待合室を少し広げ、お客が退屈しないよう待合室をサロン風に改造したのは、日高のアイデアによるものだった。ゆったりしたソファーが置かれ、テーブルでお茶やコーヒーなどが自由に飲める。テレビのほか、椅子式マッサージ機も一台置かれている。

おばあさんが自家製の漬物を持ってきたりすると、みんなでお茶を飲みながら食べたりする。見ず知らずの人との交流も生まれ、自然と話も弾む。

七十代、八十代の女性たちである。年がいっても身だしなみや美貌だけは失いたくなかったのか、みんなメイクもファッションもセンスがいい。ヘアスタイルも例外ではなかったようである。パーマやカット、ヘアカラーなどお気に入りのヘアスタイルを求めて店の常連客になっていたのだ。

多少、待ち時間があっても退屈することがなかったのは、その場にいながらにして、いろんな情報や巷の新たな動きが掴めたので、人付き合いが少なく、しかも口が達者で好奇心旺盛な年配の女性にとっては、ちょっとした交流の場にもなっていたのである。

予約客が絶えなかった。

そんな折、お客の口から出た世間話に、一時、場が盛り上がることがあったという。

その世間話とは、結婚相談所のお粗末な顛末だった。

妻に先立たれた男性が嫁を探しに結婚相談所を訪れたまではよかったが、紹介された女は一癖も二癖もあるような女で、一晩男性と過ごしただけで、次の日突然とんずらしたらしい、というのである。

多額の金を払って結婚の手続きまですませていたのだから、肝心要の嫁に逃げられては、男性をはじめ家族は踏んだり蹴ったりの災難だったという。

「詐欺に遭ったのさ、間違いないよ」

やけに口紅だけが目立つ茶髪のお年寄りが言うと、

「凄い女がいたもんだ。でも引っかかるほうも引っかかるほうだけどさ」

と、今度は白髪をカット中の女性。

「愛に飢えている男なら、痘痕《あばた》も靨《えくぼ》に見えるものさ。男の気持ちが分からんでもない」

と同情的に言い、振り向いた顔を鏡のほうへ戻す。

お茶を口にしながら、何やらブツブツ言う女性もいる。

振り込め詐欺に引っかかる者だっているし、全く世知辛い世の中になってしまったもんだ、とみんな異口同音に言う。

そうして喧々《けんけん》諤々《がくがく》としているうち、自分たちも災難に遭わないよう気を引き締めなければならないとか、お客同士、コミュニケーションを深める格好の場になっていったようである。

そんな美容院に、陰りはなかった。

数年経った頃になると、かなり繁盛し、予約のとれないことが常態化していた。

二、三ヵ月先の予約まで申し込む人もいたほどだった。日高の手帳や携帯電話には、顧客の名前がぎっしり書き込まれていた。

お客の送迎というユニークなスタイルが、相変わらず高齢者の間で人気を呼んでいたのである。

日高は連日、お客の送迎に大忙しだった。

一方、お客が持ち寄る話題も豊富だった。むしろ、少しでも場を盛り上げようと、その話の内容はますますエスカレートしていった感もあった。みんな注目を浴びたかったようである。

そんなとき、一人の常連客が意外なことを口走ったのをきっかけに、それはセンセーションを巻き起こし、人々の関心や注目を集めていくことになる。

その年配の女性は、

「そう言えば、うちの近くにもちょっと変わった男がいて……」

と、やんわりと切り出し、みんなを惹きつけたという。

髪をカット中だった日高の女房も手を休めて聴き入ったらしい。

つまり、その変わった話とは、こういうことだった。

そのお客は、何でもその男と同じ地区に住んでいて、男は愛人の女性をつくって一緒に暮らしていたらしい。妻とは別れていたというから、愛のもつれかどうかは分からない。愛憎劇はよくある話だし、そう珍しいことではなかったが、ただそれだけですまされなかった。

ある日突然、閑静な住宅街に救急車がやってきて、その家の前で停まった。しかし急病かと言うと、そうではなく、旦那が突然亡くなってしまったというのだ。今度は警察がやってきて死因を調べたり、一時騒然となった、というのである。

日高がその話を聞かされたのは、その次の日のことだったらしい。日高は美容院の掃除をすませた女房と、遅い晩飯にありついていると、女房の口からその男の話を聞かされたのだという。

女房は、世間話のつもりで何気なく語ったらしいが、日高はその男の名前を聞いた途端、突然震え上がったという。

「山田哲夫？　確かなのか……」

聞き返すと、住所や年恰好といい、同級生の山田に間違いはなさそうだった。

「あいつは変わり者というより、子供の頃から頭が良かった。物知りでもあったな。

ウイットに富んで、社会のいろんな問題に頭を突っ込んでは、てきぱきと反応し、先生を驚かせたりするほどだったな。インテリ面した顔は、キザな感じがして、あまり好きじゃなかったがな……」

と、咄嗟に思い出の一コマを振り返る。

山田は頭脳明晰だったし、大学卒業後、県庁へ入ったことは知れ渡っていた。そして熱心に公務に携わる一方、在職中から疲弊した地域社会を見つめては、その地域間格差の是正に取り組もうと躍起になっていた。そして退職後は、公言通り、その疲弊した地域で会社を起ち上げ、人々の生活を豊かにして、少しでも元気づけようと地域の活性化へ情熱を傾けていたこと……。

既存の価値観に囚われず、新しい時代を切り拓く先駆者として山田の行為はもてはやされ、注目を集めていたはずなのに、その山田が突然自宅で亡くなったというのだから、さすがに日高は耳を疑ったばかりか、落ち着いてはいられなかったようである。

死亡という突然の訃報と、六十代での同級生の死は、あまりにも早すぎたし、驚きを隠せなかったのだ。

衝撃とともに、「お前と親しかったことなどを思い出した」と急遽例の電話をよこしたのだった。


その日、我々同級生の二人はそれぞれ用事をすませると、行きつけの喫茶店で待ち合わせ、神妙に向かい合っていた。

「山田が亡くなったのは、本当なのか？」

開口一番、顔を強張らせながら尋ねると、日高はそうだと言う。

日高自身、最初は話が唐突過ぎて、驚きを隠しきれなかった様子だったが、亡くなった理由を女房に聞き返すと、何でも山田は体調を崩し、闘病生活を続けていたらしい。しかも末期癌だったという。

そして病気を苦にして自殺したらしい、とも。

「闘病生活の挙句、自殺だと？」

そんなバカな……。

顔を歪めていると、日高はやや興奮しながら続ける。

「みんなが話し込んでいるところへ女房も割り込んで聞いた話だから、間違いはないだろうけど、山田が病気を苦に自殺とはまったく驚きだよな……」

先ほどから気持ちが沈みがちだったが、日高の話を聞くうち、また全身に衝撃が走った。

生真面目で几帳面だった、あの山田が亡くなったことでさえ信じられなかったのに、病気を苦に自殺とはとんでもない話だと思った。

風の便りで、身体の不調などを聞かされてはいたものの、一体、山田の身に何が起こったというのか？

言葉を失っていると、死亡という衝撃とともに心理的な動揺が広がっていったのは、それからだった。

山田とは、小学校に上がる前から幼馴染だった。

社会人になってからは地域社会を見つめる鋭い目や、先を読む先見性ばかりか、気高い気質に驚かされたものである。

だが、それは公務員としての自覚や倫理観が強く働いていたことを除けば、正直なところ彼の素性をよく知っていたとはいえないだろう。

六十歳定年を三年残して早期退職したのは、起業計画に燃え、いち早く疲弊した地域を活性化したかったからに違いなかったが、その会社の規模や内容については何も明らかにされなかった。多分、いくつかの選択肢があった中で彼自身、迷いがあったのかもしれない。

早期退職優遇制度を利用したのは、もちろん退職金の割り増しを狙ったためなのは明らかだった。その一部を起業資金に充てれば起業計画にも弾みがつく。

しかも、国や自治体がシニア層の起業家を応援していたことも幸いしたようだった。シニア層が起業に踏み出せば、日本経済を活性化する大きな原動力になるだろうと全面的にサポートし、シニア起業家支援資金の活用を呼びかけていたのである。

これらの制度を利用し、地域再生や地域活性化に取り組む動きが全国的に加速していたので、山田も同様、ことのほか起業に闘志をみなぎらせていたのである。

国や県の助成金や補助金を活用したのは言うまでもなかった。

ただし、起業するとなると、大きく物を言うのが立地条件だったが、その選定場所に市街地ではなく、片田舎の辺鄙なところを選んだのには、さすがに解せなかったばかりか、みんな驚きを隠しきれなかったようである。

何人かの知人にも山田の動向は伝わっていたし、彼らの話を総合すると、辺鄙なところでなければ疲弊した地域を活性化するという彼の熱意は活かされないし、その意味では、むしろ止むを得ない選択だったのではないのか、と同情的に言うのである。

なるほど、と思った。

ただし、その地域に愛人らしき女性がいて、彼女の存在が大きく影響していたのではないのか、という話になると、さすがに呆れ返る者までいたほどだったが。

県の出先機関へ出向時代、山田は疲弊したその地域でいろんな知恵を巡らせているうち、その女性と出会ったようである。

その女性は、美人で未亡人ということだった。

民芸品の藁草履などを作ったり、細々と内職作業をしていた彼女とは、その地域の就労実態を調査しているうちに知り合ったらしい。

子供たちは独立し、大阪のほうで暮らしていたというから、女性は独り暮らしだったようだ。

山田とは同世代だったし、お互い相通じるものがあったようだった。山田は身の回りの相談に乗ったり、かなり親密に会っていたようである。金銭的な援助までしていたというから、おそらく男女の関係にまで発展していたのではないか、と詮索する者までいた。

異動で、その地域を離れた後も車でたびたび会いに行っていたというから、ただならぬ仲だったようである。

山田は在職中、起業する会社のノウハウをあれこれ思案していたし、職種や立地条件にはことのほか神経を尖らせていたはずなのに、その土地に女性の存在が大きくクローズアップしてくると、その頃、妻との不仲説が取り沙汰されていたこともあり、これは案外、その女性とできていたがゆえの起業ではないのか、と怪しむ者までいた。

しかし、何はともあれ、山田の起業計画がその地域で緒に就いたことは一歩前進だった。

ところが後になって分かったことだが、その土地での起業というのは言葉の綾で、実際は倒産寸前の会社を買い取って再建することだったらしい。つまり一から起業するよりも既存の会社を企業買収し、経営権を手に入れたほうが起業理念にも適い、会社設立の近道だと思ったようである。

そして、これには愛人の女性の助言が一枚加わっていたようでもあった。

その会社は、小さなアルミサッシ製造工場だった。

以前は玄関ドアや門扉、フェンス、カーポートなど幅広く取り扱っていたが、最近は長引く経済不況の影響で経営が悪化。加えて取引先の破綻に伴い資金繰りにも行き詰まっていた。関連企業の力を借りてどうにか急場をしのいでいたものの、金融機関への借入金返済資金の目途などはたたなかった。

存立は、風前の灯だったという。

後継者は、いなかった。十人にも満たない従業員は、だだっ広い工場の中で仕事もろくに手につかなかったとか。

支援先やスポンサーを探しているらしい、という情報を女性から聞かされたとき、山田は急に胸が高鳴ったようだった。

会社を起ち上げるという意味では、倒産寸前の会社の再生も変わりがなかったし、むしろ、またとない起業のチャンスだと思うと、山田は意を決し、企業買収という新たな道を選んだのである。

そして、その会社を買収すると、山田はオーナーに収まった。愛人の女性の協力を得ながら入念な再建計画を立てた。

当然、従業員を全員引き取って、新しい会社をスタートさせたのは言うまでもなかった。

新会社設立と同時に、愛人の女性を役員の一人に据えたのは、気の合うパートナーが必要だったからだろうか。

見ず知らずの土地での起業の難しさを、その風土事情に詳しい者のアドバイスでカバーしたり、会社再建のリスクを少しでも低くしたかったようである。

あるいは、突発的なリスクを回避するための手立てだったのかもしれなかった。

山田は財務、税務、事業など、これまでの会社の実態を詳しく精査する一方、愛人との二人三脚で生き残りをかけた新たな経営方針を樹立した。

技術力には素晴らしいものがあったので、その技術力を活かすために営業力の強化や、現役時代の人脈を頼りに業務を拡大。またＩＴを駆使した生産性向上のための体制構築や独自の再生プログラムなども立ち上げ、入念な再建計画のもと東奔西走した。元保険外交員だったという美人の女性は機知に富み、パートナーとしても実力を発揮していたので、対外的にも再生会社のイメージアップは上々だった。

従業員の意識改革もあり、会社は少しずつ業績を伸ばしていったようである。

働き手が足りなくなると、元気のいい高齢者を優先的に雇って就労機会の拡大も図ったし、その地域の活性化に少なからず尽力したようだった。

その地域での経済的効果は未知数だったが、倒産寸前の会社を見事に立ち直らせた凄腕は、高く評価された。

地元紙は、〝過疎化地域の救世主〟と好意的に伝えたほどである。

山田が率いる再生会社は、その後も好調な需要に支えられ、順調に業績を伸ばしていったようである。寮が作られたのも景気が上向き、安定してきたからだろう。

辺鄙な地域での起業計画は、山田にとって面目躍如と言ったところだったが、五、六年が過ぎた頃になると、会社に暗雲が立ち込めはじめた。社長の山田が、突然病魔に襲われたのである。

心労が絶えなかったのか、病で倒れたのだ。長期入院を余儀なくされた。会社経営が難しくなると、会社を手放さざるを得なくなったが、幸い大手のサッシメーカーとの間でアルミサッシ部門の傘下に収めたいという話が持ち上がると、山田は会社存続の道筋を立てた後、惜しまれながら、その地を去ったという。

その後、山田は愛人の女性とともに住み慣れた地元へ戻り、実家で療養生活をしているらしい、という噂を耳にしたのは、つい最近になってからであった。

一時期、退職後は一緒に会社を立ち上げないかと声高らかに豪語した山田だったが、その話はなぜか途中で頓挫し、あの話は何だったのか、と憤慨することもあった。が、今になってみると、奇遇な女性との巡り合わせによって起業計画が大きく変わったのなら〝縁は異なもの味なもの〟に変容したというべきなのか——。

あれ以来、自分とは疎遠になっていたと思う。

音信もなかった。

クラス会の友人同士の飲み会でも顔を合わせることもなかった。

数年ぶりに地元で偶然山田を見かけたとき、その変貌ぶりに驚いたことを覚えている。

すっかりやせ衰え、頭には夏だというのにニット帽を深々とかぶっていた。

スーパーで、遠くのほうからチラッと見ただけだったが、声をかけることもなかったのは、その姿があまりにも痛々しく感じられたからである。彼自身、人目を避けているようなところもあったし、一緒にいた女性を気遣っているような節もあった。

日高は、

「奥さんとも離縁していたというから、その家に内縁関係の愛人と一緒に住んでいた、そのときの女性だよ」

と言う。


先ほどから喫茶店で、二人の込み入った話が続いている。

「癌を患っていたという話を聞いたことがある。おそらく抗癌剤治療の副作用のせいで脱毛し、髪の毛がすっかり抜け落ちていたのかな？」

ニット帽を深々とかぶった彼の姿を思い出しながら、コーヒーをそっと口にするが、コーヒーは味気ないものだった。

あのときの山田の姿が頭から離れない。

山田は、まるで別人のようだった。何事にも活発で、意気盛んだった頃の気品と気風の良さは見る影もなかった。

その山田が亡くなったというのだから、同級生の一人として、あのとき声もかけなかった自分にも悔いが残った。

「その地区の人の話だと……」

と、日高はコーヒーカップを置きながら話を続ける。

「奥さんが出ていってからは、家には誰もおらず、ずっと空き家状態だったらしい」

などと、知り得た情報を興味深く説明する。

ところが、その空き家に洗濯物が干してあったり、人が住んでいるような気配がして、近所の人がそれとなく調べてみると、山田と一緒に知らない女性が住んでいたというのである。

つまり、山田は会社を起ち上げてから六年ちかく田舎のほうで暮らしていたが、病気療養のために会社を手放さなければならなかったばかりか、止む無く、地元へ戻って療養生活を送っていたのだ。妻とは離縁していたし、もともと家には誰もいなかった。

もっとも、妻とは十歳も年が離れていたし、しかも子宝に恵まれなかったというから、家庭生活は中身のない味気ないものだったのだろう。

山田は単身赴任で留守をすることが多かったし、妻は意味のない生活に愛想を尽かして別居生活を余儀なくされていたともいう。性格の不一致などもあったのか、以前から不仲説が囁かれていたというから、離縁は時間の問題だったともいえる。

「もっとも、奥さんにすれば、打算的な結婚だったんじゃないの……」

と言うのは、近所の人たちである。

「相手が公務員だったことを見計らってのお見合い結婚だったらしいから、初めから愛情なんてなかったんじゃないの。別れる際、慰謝料を相当貰ったらしいよ」

と当時のことを知る年配の女性から、そんな噂が流れたほどだった。

この辺り一帯はのどかな住宅街が広がっている。が、山田家に関するきな臭さは、それだけではなかったようである。

山田は前妻と別れた後、愛人の女性と一緒に実家に住んでいたが、近所付き合いもなかったので、その実態はベールに包まれたままだった。ただ、たえず世間の耳目を集めていたらしい。

ところが、その実態があまねく知れ渡ることになったのは、ある朝、閑静な住宅街に突然、救急車が現れてからだという。

救急車は、山田家の前で停まったため、サイレンを聞きつけて大勢の野次馬が群がった。

が、みんな不安そうに成り行きを見守るだけで、何が起こったのか、さっぱり分からなかった。

救急隊員が調べてみると、ベッドの中で家主の山田哲夫の死亡が確認されたというから、にわかに殺気立ってきた。

人が自宅で死亡したとなると、警察の動きも急に慌ただしくなってくる。遺体は検視官によって詳しい検視を受けたようだったが、その間、巷では事件性などが取り沙汰され、いろんな憶測や噂が飛び交ったらしい。

当然、同居していた女性にも事情聴取が行われたが、女性に不審な点は見当たらず、事件性は回避された。

山田は、末期癌で闘病生活を続けていたのである。

ベッドのそばには、車椅子が置かれていた。

女性は、衰弱した患者を親身になって世話していたのである。

山田は大腸癌を患い、これまで癌摘出手術を受けていたばかりか、癌転移後も病院で定期的に治療を受けていたというから、自宅でも在宅介護を必要とし、かなり深刻な状態だったらしい。

医師によると、身体的、精神的苦痛に伴う鎮静薬モルヒネの投与や、不眠症から常時睡眠薬も服用しなければならなかったことなども判明。睡眠薬の過量度合いによっては生命が重篤化するケースも見られたというから、薬を服用するしないに拘わらず死を免れることはもはや難しい状態だったと思われ、病院側とのやり取りでも病気の進行は不可逆的だったとして、結局は病死と結びつけられたようである。

「もっとも癌とも言えば、いかにも重病人らしく聞こえはいい。やっぱり助からなかったのかな、と同情したくなるよな。だが睡眠薬の多量服用となると、少し話が変わってくる――」

というのは近所の人たちの話で、つまり睡眠薬の多量服用は癌患者にとって自殺の兆候ともいわれていたので、そのことだけが突出し、睡眠薬による自殺説が飛び交ったらしい。

そして、ふだんなら安楽死に伴う嘱託殺人という嫌疑もその女性にかけられるところだったが、疑惑の手が及ばなかったのは、女性が良妻賢母的な優しい雰囲気を兼ね備えていたことや、人に害を加えて何かを搾取するようなタイプではなかったためだ。たとえ害を加えたとして、女性が手に入れるものは何一つなかったからである。

山田家の広い家屋敷は、代々受け継がれてきたもので、その資産価値は相当なものだったが、すでに銀行の管理下にあり、銀行融資に伴う抵当権などが設定されていたのである。

故人の生活状況なども調べられたが、不審な点などはなく、女性が怪しまれるようなことは何一つなかったのだ。

ただし、女性のその後の生活を考えると、山田にもそれなりの考えがあったのではないのか、と日高は推測する。

「山田の抜け目のない思慮深さから察すれば、女性が生活に困らないよう自身の生命保険の受け取り人を女性名義に変えていたことは言わずと知れたことだし、その女性が生活に困るようなことはなかったんじゃないのか」

と同情的に言う。

「それなら良いけど。なにしろ、その女性は、親身になって山田の介護をしてきたのだから、何らかの見返りがあってもいいと思う、そうじゃないと彼女が可哀想だ……それにしても二人は、出会ったときからインスピレーションというか、共に惹かれるものがあったのかな」

「そうらしいぜ。山田にしてみれば気の合う女性だったらしいし、彼女に看取られながら逝ったんだから、山田は幸せ者だよ」

以前、山田のことで屁理屈ばかり言っていた日高だったが、彼の悲惨な最期を聞いて、さすがに胸が痛んだようだった。

後日、山田の霊を慰めようと自宅弔問を言い出したのは、日高のほうであった。

彼女が入籍していたかどうかは不明だった。

葬儀は、ひと月ほど前に身内だけでしめやかに行われたという。

山田は、享年六十六だった。

3

日高と別れ、大通りを車で走っている間中も、胸がギュッと締めつけられるような気がして仕方なかった。

胸にポッカリ穴が開いたような虚しさに襲われていた。

山田の死が衝撃的だったのは、彼の真面目で意表を突くような奇抜な発想や、その頑なな心情を知る者として未だに信じられない気持ちのほうが強かったからだろうか。

たとえ病に倒れ、命尽きる運命にあったとしても、山田に限って自ら命を絶つような男ではない、と思いたかった。

「逆境こそ、生き延びる希望じゃないか」

と過酷な局面と対峙するたびに、そんな威勢のいい声が未だに跳ね返ってきそうな気がするのである。

病気を苦に自殺なんて、とんでもない話だ……。

彼の名誉のためにも、よからぬ噂だけは払拭しておかなければならぬ、と思った。

彼は、たえず前向きに、情熱に燃え、そして気高く光り輝いていたのだから……。

壮大な夢を抱き、夢に向かってまっしぐらに突き進んでいた頃のことが昨日のように思い出されてくる。

山田が公務員を目指していたのは、彼の倫理観や人生哲学によるものも大きく影響したからではないだろうか。

人生の価値、目的、意義など根源的なことを考えれば、己の進むべき道は自ずと決まってくるだろうし、そして社会の中に必ずオーバーラップしてくるはずだと豪語したときの言葉が甦ってくる。

つまり仕事を通して地域社会に貢献し、あるいは公共性のあるグランドデザインを描いて地域社会に寄与すること――。山田は人々が安心して暮らせる環境づくりに意欲的だったからこそ、公務員という職種の中に生き甲斐を見出そうとしたのではなかったのか。

そして、その情熱が在職中だけに留まらず、第一線を退いた後の第二のステージ、いわゆるセカンドライフまで続いていたのは、規則や束縛という公務員ならではのコンプライアンスに縛られず、自由気ままに、しかも思うがままに社会改革を遂行できるというステータスが彼をことのほか奮い立たせたのではあるまいか。

つまり、都市部と過疎地域の生活水準の格差をどうすれば是正できるのかという難題に、自ら答えを出し、その疲弊した地域に会社を起ち上げ、そこに住む人たちを元気づけようとしたこと。それは取りも直さず彼の飽くなき挑戦が絵空事ではなく、本物だったことの証でもあろう。

癌を患い、志半ばで計画が頓挫してしまったのは気の毒だったが、彼のひたむきな姿は、実に素晴らしいことではなかったのか。

彼の波乱に満ちた人生を振り返ると、その強靭な精神の息吹だけは触れておかなければなるまい、と思った。

車が広い交差点に差しかかり、赤の信号で停まった。

気持ちを静めながら、左右に流れる車を何気なく見ていると、ふと気になることを思いつき、一瞬ドキッとした。

もしかすると、彼は在職中から自身の癌という病気のことを知っていたのではあるまいか？

職場の一般健診や癌検診などでも病気に触れる機会は幾度となくあったはずだし、彼は内々的に病気のことを知っていたのかもしれない。

すると、また気が騒いで考察モードに引き込まれていく。

顔に険しい表情が漂った。

山田の起業計画が現実味を帯びてきたのは、いつだったかは定かではないが、多分五十代になって、いっそうその熱意に火がついたように燃え上がってきたことなどを思えば、その時期が一種の転換期だったのではないだろうか。

おそらく山田自身、癌に伴う精神的な苦痛とともに何年かの余命宣告を受けていたと考えられなくもない。癌の進行状態によっては寿命の限界というものを意識しなければならなかったはずだし、彼は案外、その時点で死という影に怯えていたかもしれない。そして人生の岐路というものを真剣に考えざるを得ない局面に追い込まれていたのではあるまいか。

そうでなければ、定年退職を早めた理由や、起業に躍起にならざるを得なかった背景の説得力には乏しいだろう。

内心、そんな致命的な背景に怯えていたからこそ、彼は従来の計画をより効率的に実行に移そうとしたばかりか、異常なほどのバイタリティーをもって計画を遂行し、命の限りを尽くそうとしたのではないだろうか……。

信号機が青に変わり、再び車をスタートさせながら、ふとそんなことを考えた。心が震えてならなかった。

むろん、今となっては推測の域を出なかったが、例えば命が尽きることを念頭に入れれば、何もせずに、ただ死を待つことよりも常にチャレンジ精神を抱いて人生を謳歌することのほうがより賢明な生き方であると、彼のようにウイットに富んだ知恵者なら考えて、そうして己を奮い立たせることなど容易かったであろう。

彼は、寿命の限界というものを予見していたのに違いなく、病気を一種の起爆剤として、定年後のセカンドライフを意義深いものにしようとしたのではないだろうか。知恵者ならではの懐の深さに頭が下がる思いがした。

山田は、体調を気遣いながらも会社を起ち上げ、その疲弊した地域の格差是正に尽力してきた――。こんな明白な事実は他にはなかったし、実際、彼の手腕なくしてその地域の活性化はあり得なかったのだから、彼の命を賭した壮絶な人生ドラマを顧みると、胸がギュッと締めつけられるような気がしてならなかった。

死をも厭わず、不毛の地を切り拓いた勇士の姿を見ると、美談として語り継がねば

郵便はがき

料金受取人払郵便

新宿局承認

2524

差出有効期間
2025年3月
31日まで
(切手不要)

160-8791

141

東京都新宿区新宿1－10－1

(株)文芸社

愛読者カード係 行

ふりがな お名前		明治 大正 昭和 平成 年生
ふりがな ご住所	□□□-□□□□	性別 男・女
お電話 番号	(書籍ご注文の際に必要です)	ご職業
E-mail		

ご購読雑誌(複数可)	ご購読新聞
	新

最近読んでおもしろかった本や今後、とりあげてほしいテーマをお教えください。

ご自分の研究成果や経験、お考え等を出版してみたいというお気持ちはありますか。

ある　ない　内容・テーマ(

現在完成した作品をお持ちですか。

ある　ない　ジャンル・原稿量(

名				
買上店	都道府県	市区郡	書店名	書店
			ご購入日	年　月　日

書をどこでお知りになりましたか?
.書店店頭　2.知人にすすめられて　3.インターネット（サイト名　　　　）
.DMハガキ　5.広告、記事を見て（新聞、雑誌名　　　　）

の質問に関連して、ご購入の決め手となったのは?
.タイトル　2.著者　3.内容　4.カバーデザイン　5.帯
の他ご自由にお書きください。
（　　　　）

書についてのご意見、ご感想をお聞かせください。
内容について

カバー、タイトル、帯について

弊社Webサイトからもご意見、ご感想をお寄せいただけます。

力ありがとうございました。
寄せいただいたご意見、ご感想は新聞広告等で匿名にて使わせていただくことがあります。
客様の個人情報は、小社からの連絡のみに使用します。社外に提供することは一切ありません。

書籍のご注文は、お近くの書店または、ブックサービス（0120-29-9625）、
セブンネットショッピング（http://7net.omni7.jp/）にお申し込み下さい。

なるまい、とも思った。

一方、そんな山田に共感し、彼の人生の最期まで付き添ってきた女性のこと――。彼女にしても知的で素晴らしい女性に違いなかった。山田と二人三脚で会社を起ち上げ軌道に乗せたばかりか、病気で止む無く事業から手を引かざるを得なかった後も、彼に付き添い、全身全霊を傾けて、彼の人生をサポートしてきた。つまり彼の実家で親身になって介護し続けてきたというのだから、その献身的な姿に敬意を払えば、愛人というより、むしろ人生の良きパートナーとして最大級の賛辞を贈らねばならないだろう、と思った。

山田の心情を知る数少ない同級生の一人として、彼の名誉のためにも、その真摯な姿に触れておかなければならないと思ったし、無関心ではいられなかったのだ。

彼の人生は、命尽きる運命にあったとしても、生老病死のごく普通の死生観よりもはるかに荘厳で、記憶に留めておかなければならなかったのだから。

そうでなければ、彼は浮かばれまい……。

車を運転中も、山田のことが頭から離れなかった。

一人の友を失い、虚しい気持ちだった。

何で早く逝ったんだ！

寿命を全うするのが人生の本分なら、人生半ばで命を落とす者、その数奇な運命をどう受け止めればいいのか。

山田の分まで生きようという高尚な気持ちは起こらなかったが、生と死の狭間で苦悩した男の半生を振り返ると、なぜか人間の性というものをまざまざと見せつけられたような気がしてならなかった。


前方の信号機が黄から赤に変わって、前の車と同じように徐行して車を停める。

この交通整理をする信号機と同じように、人生もたえず生と死の点滅を繰り返しているような気がしてならなかった。

「人生は長いようで短い……」

山田が起業計画を講釈する合間に、何気なく言った言葉が浮かび上がってくる。あれは、もしかすると死を意識し、不憫な境遇を嘆いた言葉ではなかったのか……。

そうして山田の思い出の一つひとつが走馬灯のように思い出されてくると、どうしたことか、彼の魂の冷ややかな視線が自分のほうへ跳ね返ってくるような気がして一瞬、ドキッとした。不吉な予感がして胸が抉られそうになった瞬間、何か大切なものを見落としているような気がしてハッとさせられたのだった。

退職後は仕事らしい仕事もせず、日々惰眠を貪っていること。誰にも邪魔されず、自由で気楽な生活は優雅そのものに違いなかったとはいえ、そんな自分のライフスタイルが虚しく感じられてくるのは、山田のような命を賭した凛々しい姿が生々しく迫ってくるからだろうか。

心が彷徨いだしたのは、それからだったと思う。

製紙会社を定年退職後、一年間は嘱託で仕事を続けたものの、その後は仕事らしい仕事をしていない。日高のように美容院の仕事を手伝い、お客の送迎という新たな仕事に精を出す生活とは、全く無縁の世界にいた。

女房も、とやかく意見したりはしなかった。

「今までさんざん働いてきたのだから、これから先は趣味のカメラを使って人生を記録したり、旅行へ行ったり、少しのんびりしたら……」

と、むしろ好意的に言ってくれたし、その言葉に甘えたわけではなかったが、退職と同時に仕事中心のライフスタイルは終わったと思っていたし、今更、働こうという気持ちは起こらなかった。

子供を立派な大人へ育て上げるのが親の務めでもあるなら、子供が一人前の大人に成長したとき、親の役目は終わったも同然だったし、それを覆すような衝撃的な出来事は何も起こらなかったのだ。

以前、山田から定年退職後は一緒に会社を起ち上げないかと誘われたときも、それを表面だけで聞いていて将来のことなどそう深く考えず、ただ興味本位に心を動かされただけに過ぎない。

そういえば若い頃、というより子供が幼かった頃、一人息子のことを思い、小中高と剣道を続けさせたのは、剣道を通して人間性を磨き、強靭な精神力を養わせようという親心にほかならなかったが、それも周囲の親たちに刺激されて、そうしていただけのことで、親である自分の本心だったとは言いがたい。

そんな親とは対照的に、将来の進路を自ら決め、医者になりたいと自発的に言い出したのは、息子自身のほうであった。将来の夢や目標を熱っぽく語る息子に、親としては驚きを隠せなかったが、反対はしなかった。むしろ、その熱意に心打たれたほどだった。

というよりも、息子を応援したくなったのは、社会を見つめる斬新な目に心を動かされたからだと思う。少子高齢化社会が台頭し、格差拡大によるストレス社会が蔓延している折、地域によっては医師不足が深刻化しているところもあったので、そんな地域を見直し、質の高い医療を提供し、受診が必要な患者たちの早期治療に努めるのも素晴らしい医師の務めではないか、と胸を膨らませていたのである。

いつの間にか、しっかりした考えを持つようになっていた息子に感服し、我が子を誇らしく思ったのは言うまでもなかった。

特に父親とすれば、子煩悩からくる愛情の深さが人一倍強かったせいか、例えば車庫の雨漏りの修繕など家の些細な諸問題よりも息子のほうへ関心が向けられていたのは言うまでもなく、子供の健やかな成長を願う気持ちのほうが強かったからだろう。

息子が大学受験に失敗し、二浪したときは、さすがにショックを隠しきれなかったが、それでも息子を咎めたりはしなかった。むしろ息子の希望通り、予備校へ通わせながら惜しみない援助を続けてきたのも、息子へ期待するものが大きかったからだろう。

だが、親の心配は無用だった。

息子は、その次の年、念願の医大へ見事合格を果たしたのである。そのときの喜びようといったら、息子以上だったかもしれなかった。

病気で苦しんでいる人たちを助け、少しでも元気づけたいと大きな志を抱く息子が卒業するまでの間、医大での膨大な学費の工面が父親である自分の双肩に重くのしかかっていたこと、つまり親の支援がなかったなら学業が続けられなかったことなどを顧みれば、息子の成長の一方で父親の心労は過酷極まりないものになっていった、と言っても過言ではないであろう。

息子は、勉学に専念。そして医学部での六年間が過ぎ、順調に学業を修了。卒業後、医師国家試験にも合格し、今では医大付属病院で研修医として働いている。一人前の医師になるまでは長い道のりだが、それでも初心を忘れず、日々医師のタマゴとして研鑽を積み重ねていることなど、その都度、新たな近況報告として寄せられるたびに、親馬鹿の二人は息子の自立した姿に感激し、顔をほころばせるのだった。

そして、そんな時期は、ちょうど定年退職を間近に控えたときでもあったので、父親とすれば息子の自立した姿を見るたびに満足感や達成感が今更のように押し寄せ、ホッとして肩の荷を下ろしていたのである。

ただし、その一方で、急に虚脱感や喪失感に襲われたりしたのは、子育てという親としての役目を終えて、その重圧から解放されたことも理由の一つだっただろうか。

いわゆる燃え尽き症候群というものがあるのなら、そのときの自分の姿は、まさにそんな表現がピッタリだったように思う。

そして退職後、その姿は、精魂を使い果たしたように意気消沈し、もはや脱皮した虫のように抜け殻も同然だった。なにしろ三十余年間も脇見もせず、働きバチのように一心不乱に働き続けてきたのだから、その労働成果の重みは、そう軽々しく扱われるものではなかったのだから。

頭髪に白いものが目立ちはじめ、老眼鏡をかけながら新聞を手にする姿は、いかにも初老そのものだった。そして、初老の者からすれば、ようやく終わった、というのが実感だった。

終わったのは、単に労働ばかりではなく、自身のライフスタイルも完結したというのが実感だった。

目の前には、息子の医師としての姿が金字塔のように光り輝いていたのである。感激のあまり、友人たちと息子の自慢話に花を咲かせたときも、子供のように無邪気そのものの表情だったに違いない。友人からは〝鳶が鷹を生んだ〟と皮肉られることもあったが、そう悪い気持ちはしなかった。

ごく平凡な家庭から非凡な息子を輩出したのだから、その何とも言えない醍醐味は、親の子育て方針が間違っていなかったことを裏づけるものでもあったし、一種の優越感ともなって跳ね返ってきたのである。すべてが順調に推移し、感動や達成感、満足感に包まれていた。

退職し、第一線を退いた後は、有意義な人生を胸に刻みながら、悠々自適の隠遁生活に入っていた。

毎日が安息の時間だった。そして生活は、至って物静かだった。贅沢をしなければ生活に困るようなことはなかったので、つとめて慎ましく、日々のんびりと過ごした。中には四六時中、夫と顔を突き合わせる生活はイライラして窮屈すぎるという女性もいるようだが、我が家に関しては、そういうことは一切なかった。女房は相変わらずパート勤めをしていたし、自分はといえば、カメラが趣味だったので、カメラを持って写真撮影に出かけることもたびたびあったのが良かったのかもしれない。

ところが、時が経つにつれて状況が少しずつ変わってきたのは、世知辛い世の中の風潮や偏見からだろうか。

周りは、煩雑な社会の中でいつも慌ただしく動き回っていたし、人々は疲れ切ったように疲労困憊を滲ませていた。何もせず、家でブラブラしているような男に、世間の目は冷ややかだった。

近所づきあいでもそうだった。冷たく射すくめるような視線が投げかけられた。地区の会合や道路清掃の奉仕作業などでも時折、奇異な目が向けられたりしたほどだ。この世は、常に何かしなければならないという社会的風潮が大勢を占めていたからだろうか。

が、別に気分を害したりはしなかった。物の見方や考え方には個人差があり、普遍的ではない。時の流れに身を任せ、心を癒しながら次第に老いてゆく……。それも一つの人生観なら、それでもいいじゃないのか、と。複雑怪奇な世の中、何が正しいかは誰にも分からないだろう。

世間の厳しい目に晒され、その生き方に苦言を呈されたとしても、いちいち関わっていたのではきりがない。老後の過ごし方一つにしても捉え方は多様化し、その選択肢は千差万別なのだから、世間に余計な心配や迷惑をかけない限り、どう過ごそうと勝手で自由じゃないのか……そんなふうに思うのだった。

しかし、世間の刺すような目は、時に女房に対しても刺々しく向けられたようだった。

女房は、世間の偏見や重苦しい空気に心を乱すようなことはなかったものの、それでも気分を害されたりすると、その抑えきれない気持ちは、ストレスのはけ口ともなって息子へ伝わったようである。

息子は研修医として県外に住んでいたが、実家の近況を母親から聞かされるたびに、父親のことが心配になってきたようだった。

息子は、よく電話を寄こした。

「親父、変わりはないらしいな……」

と言って、ご機嫌をうかがった後、

「今は、何もせず家にいるんだろう？　しかし、あまり家にばかりいると、そのうち覇気をなくしてしまうぜ。身体を動かさないと筋力も弱ってしまう。親父のこれまでのご苦労には感謝しているが、第一線から退いたとはいっても、まだ六十代だし、老け込むのは早すぎるよ。人生の第二幕は、これからじゃないか……」

と言って、老後の生き甲斐というものについて言及。もっと外へ目を向けて社会と交わるべきだ、と意見してきたのである。

むろん、母親から世間の風当たりなどを聞かされるうち気になって、社会的な一般論を交えながら、息子ならではの意見を伝えてきたらしい。

そんな息子へ、

「親のことは心配せんでもいい。自分たちのことを考えるべきだ。何でも彼女が見つかって結婚を前提につき合っているそうじゃないか。もう年齢も三十ちかいわけだし、研修医生活を大事にしながら、彼女をうまくサポートしていかないと……」

と反対に意見したものだった。

が、意志の強さと頑固さは、父親以上だったようである。息子は、折を見ては携帯電話でたびたび電話を寄こすようになった。

「親父、時間はみな平等に与えられているけど、時間によって得られる価値観は、みな同じじゃないんだ。今までの人生がそうであったように目標によって価値観が大きく変わってくるのなら、思い思いの発想で充実した時間を創り出すべきだよ」

また、あるときは、こうである。

「定年後のセカンドライフは、誰にだって容赦なくやってくるのだし、六十代で隠居とは、あまりにも早すぎるし、現実的ではない。人生八十年とか言うし、まだまだ長い人生が待ち構えていることを考えれば、第二の人生を悔いなく過ごすための方策を、もっと真剣に考えるべきだ」

働き方改革が提唱されている時期でもあったので、第一線を退いたシニア層ならではの居場所を求め、その在り方が問われていたことも例外ではなかった。豊かで充実した生活を求めるなら、これまで培った豊富な経験や知識を活かして活動するのも一つの手だし、しかも社会から歓迎されていれば、その効果は計り知れないものがあるだろう。健康的にも、そう問題はなさそうなので、悔いのない人生を送るためにも是非、社会との接点をもって欲しい、と言うのだ。

息子はそんなふうに、父親を気遣いながらも温かいエールを送ってくるのだった。

もっとも、内科医の研修医として医大付属病院で指導医や先輩医師から高度な実践的技術指導を受けている最中でもあったので、医師としての内面的な資質も高めていたようだった。

例えばコミュニケーション能力の充実や、その必要性の確認にしても、そうである。患者の病的な感情を察し、緊迫感を取り除いて和らげ、落ち着かせるという意味ではコミュニケーション能力は必要不可欠な要素の一つに違いなかったし、その心得は、患者ばかりか家族との関わり合いの中でも変わりがなかったので、つまり自身の親とのコミュニケーションの中でも慈悲的な側面が強く反映されていたようだった。

息子から意見されるとは思いもよらなかったので、親としてはたび重なる意見にたじたじだったが、そう悪い気持ちはしなかった。息子の医師として成長した証をみる思いだったし、逆に嬉しく思ったりもした。

なにしろ病気ばかりか、その人の心に寄り添って人生観まで看ようという志は、医師の務めに違いないとはいえ、息子に人を慈しむような心が芽生えていたことは驚きでもあった。

考えてみると、人の寿命は幸か不幸か、食生活の改善や医療の著しい発展によって延びる一方だったし、今や人生一〇〇年時代だともいわれているほどである。

むろん、人生の長さは個人の自由にはならないとはいえ、そうかといって六十代で引退し、何もせず、余生をいそしむとはあまりにも閉鎖的すぎたし、確かに現実的ではないだろう。還暦を過ぎても働くことが当たり前になってきている時代である。雇用延長や再就職で働き続ける人も多い。しかも昔のように子供たちと同居が望めるような時代ではないのだから、これから先二十年、三十年と老いながら生きなければならないことを考えると、シニア層の独創的な生き方が求められる。これは各方面から熱い視線が投げかけられているテーマであることなども考慮に入れれば、息子から諭されるまでもなく、個々のセカンドライフを見直さない限り老後の有益な価値観は生まれてこないだろう。

煩雑な社会情勢を改めて認識し、心が大きく揺れ動かされたのは自分でも意外だったが、重い腰を上げるまでにはいかなかった。

物を見る尺度は主観的なものから抜けづらく、時世に流されたくないという自尊心や、気楽さという心情からも今の生活は捨てがたいという気持ちも相変わらず残っていたのである。

4

その日もカメラを持ち出すと、朝から写真撮影の準備に余念がなかった。

カメラが趣味だったので、久しぶりに好天に恵まれたこの日は、素晴らしい写真が撮れるような気がしてならなかった。

大好きなカメラをいじり回していると、パートに出かけようとしている女房が話しかけてくる。

「どこか写真撮りでも行くの？」

「ああ、ちょっと出かけてくる……」

「もし目抜き通りを通ることがあるなら、あそこのスーパーでジャガイモとタマネギを買ってきてくれない？　それから人参も。牛肉は残っているので、夕食はカレーライスにしようと思って……」

女房は、老人ホームの介護施設で介護助手として働いていたので、よく買い物を頼まれた。施設は、山沿いの辺鄙なところにあったので、買い物に行く機会が限られていたのだった。

その日も新聞のチラシを見て、スーパーでの特売品を見つけたらしかった。買い物は苦にもならなかったので、女房から買い物の用事を授かると、デジタルカメラのバッテリーをチェックした後、カメラケースを車に積み込んで家を出た。写真撮りが好きだった。現役時代はそうでもなかったが、職場を離れてからは盛んにカメラを持って撮影に出かけた。最近はデジタルカメラが主流だったので、自分のそのコンパクトカメラは手軽で使いやすかった。感度のいいズーム式のものと、二台持っていた。

川面で羽を休める色鮮やかなオシドリを見かけたりすると、夢中でシャッターを切ったりした。田んぼで虫をついばむシラサギの姿なども、命の鼓動を感じながら、さりげなくカメラに収める。

ファインダーをのぞきながらシャッターを切るまでの緊張感や醍醐味は、何ともいえないものがあった。

家に帰り、パソコンで画像処理しながら、アングルが悪いなとか、もう少し動きが欲しい、などと自己評価するのも楽しみの一つだった。

かつて市民美術展覧会の写真部門で奨励賞をもらった写真は、ツバメの巣を何気なく撮ったものだった。

軒下のツバメの巣に五羽のヒナが孵っていた。口を大きく開けて餌をねだっているのは三羽だけで、あとの二羽はすでに餌をもらって満腹なのか、もういらないよと言わんばかりにそっぽを向いていた。このユニークなツバメの巣に興味を抱いたのは、拡大して画像処理をしている最中で、野鳥とはいえ親から順番に餌をもらうマナー、というより野鳥ならではの心温まる倫理観というものに触れて驚かされたのだった。まさか食餌のシーンに、人には窺い知れないようなこんな感動的なドラマが伝わってくるとは思いもよらなかった。

写真説明とともに『ツバメの食餌のマナー』と題名をつけて写真部門に出展していたので、自然風景や人物写真などが多かった中で、この種の野鳥の写真は珍しく、好評を呼んだようだった。

カメラを扱う以上、もっと撮影技術や写真表現などクリエイティビティに富んだ写真を求め、美的センスや訴求力を磨きたい、と常に胸を膨らませているのである。

とりあえず今日は天気がいいので、買い物をすませたら田舎のほうまで足を向けてみよう……。珍しい被写体に巡り合えるかもしれない。三〇〇ミリの望遠レンズも三脚と一緒に積んでいる。車を走らせていると、胸がわくわくする。

写真雑誌を見ているうち、写真コンテストにでも応募しようという意欲もわき上がっていたので、老後の楽しみは趣味を活かしながら、それなりに満喫していたように思う。

スーパーで買い物をすませた後、車でごったがえす大通りを走って行く。両側には、商店やデパートなどがひしめいている通りである。映画館の前には、最近流行りのアメリカ映画の大きな看板があり、アクションものらしく宙を舞ったり、過激なアクションを追求する斬新なスタイルが射幸心を煽っている。

いつの間にか、路線バスの後ろに車をつけていることに気づいてイライラした。前方の視界が悪く、思うように走れない。片側三車線の広い交差点に差しかかり、ようやくバスを追い越す。あとは流れに沿って車を走らせる。

頭の中は、写真撮影のことでいっぱいだった。

そして、あのときと同じ繁華街を通り抜けようとしたとき、日高からの電話がフラッシュバックしてきたのだった。

一瞬ドキッとした。

そのときの内容は、こうである。

「お前と親しかった山田哲夫が亡くなったらしいぞ……」

日高からの突然の訃報に、驚きを隠せなかった。

次の言葉が出なかった。

衝撃で顔から血の気が失せ、頭がクラクラしてきたのは言うまでもなかった。

頭の中はショックで凍りついたように硬直し、張り詰めていた緊張感が徐々に和らいできたときも、彼の悲劇的な人生を振り返っては驚きを隠しきれなかった。

人生とは、何と非情で、無情なのだろう……。

後《のち》にふと、そんな感傷的な疑問を抱いたりしたのは、彼の不憫な境遇をうすうす感じていたとはいえ、よもや死に至るとは考えもしなかったので、その突然の訃報に面食らう気持ちのほうが強かったからだろうか。

彼のように真面目で聡明で、社会に貢献しようとする者に限って命が絶たれ、無残にも葬り去られるのだから、たとえ原因が何であれ、この世知辛い世の中、こうも理不尽で無責任なのだろうか、という不満の気持ちでいっぱいだった。

誰も救えなかったのか?

今更、嘆いても仕方なかったが、何か狂っている、という腹立たしい気持ちは抑えられなかった。


車は繁華街を過ぎて田畑が広がる閑散としたところを走っていたが、何日か前のことが今更のように思い出されてくると、もう気持ちが荒んで仕方なかった。

もはや写真撮影どころではなかった。

すでにお昼は過ぎていたので適当な空き地を見つけて車を停め、車の中で昼食をとるが、弁当のおにぎりは味も素っ気もなかった。

女房がにぎってくれた納豆入りの特性おにぎりだったが、携帯用のポットのお茶で胃袋に流し込んでいるときも、頭の中は山田のことでいっぱいだった。

昼食を終えると、Ｕターンし、元来た道を引き返す。

車を運転しているときも、山田のことが頭から離れない。

真面目で洞察力が強く、社会的見識に長け、疲弊した地域を活性化させようと躍起になっていたこと……。

彼は、県庁職員としての公職を退いた後も、定年後の第二の人生を、いわゆるセカンドライフを有意義に捉えようと、その疲弊した地域の活性化のために全身全霊を傾けてきた。彼の手腕なくしてその地域の活性化はあり得なかったのだから、途中で計画が頓挫したとはいえ、彼の半生を振り返ると不憫でならなかった。

山田のことは、以前から気になっていたと思う。

ただし、傍観者的な要素を拭い去れなかったのは、彼の思想が凡人とはかけ離れた荒唐無稽な様相を呈していたこと。それに第一、人のことまで干渉するほどの心の余裕はなかったからである。

幼馴染だったし、友人の一人として彼の活躍を見守っていたものの、それ以上の気持ちが起こらなかったのは、人にはそれぞれ事情があり、家庭があって、そして生き方も人それぞれ違うのだから、相手のことまで気を使うほどの心の余裕がなかったとしても間違いではなかったであろう。

だが、そうしていちいち弁解気味に心が騒ぐのも、彼の悲惨な生涯が突きつけられると、ショックで心が荒み、自身の物の見方や価値観までが覆されそうになるからだろうか。

日々仕事もせず、時間を弄んでいること——。自ら選んだ道だったとはいえ、これでいいのか、という不安や疑問……。そんな心の内をのぞけば、周囲の邪悪な視線に怯えることもあったし、対外的に心が荒んでいたことも否めなかったのだから。

衝撃的な彼の死に接して、そんな疑問が突きつけられてくると、もう気が動転し、昂った感情を抑えきれなかった。

皮肉にも、心の中では息子の言う老後の生き方を示唆するセカンドライフ指針というものが燻ぶっていたし、それに輪をかけたように今度は同級生の死に伴う衝撃的な要素が新たに絡んでくると、これは人生をリタイアした者にとっては、容易ならざる事態だと言わなければならなかっただろうか。

車を運転しながら、また胸がギュッと締めつけられそうになった。

それは、あたかも揺れ動く心の導火線に火がつけられ、今にも爆発しそうな気配だった。

「セカンドライフか……」

呟き、ふと眉をひそめる。

すると、山田が生前、何気なく口にした老後のセカンドライフ概論という言葉が皮肉っぽく浮かび上がってくる。

「何をやるにしても、一つの概念というものは必要だ」

と、山田は言ってから、

「要は、気持ちの持ちようさ。自分の持ち味を活かして社会のニーズに応えること。そうして自分の存在が価値あるものに光り輝くのなら、こんな意義深いことはないぞ。社会にとってもプラスになるだろうし、むしろ、そうして定年後の第二の人生を見つめれば、充実したセカンドライフは有益なタマゴを生むだろうし、精神的にもこんな素晴らしいことはない。

要するに、発想の転換さ……。

本気度が違えば、老後の過ごし方も違って見えてくる。物事は、ポジティブに捉えたほうがいい。一度しかない人生だ。お互い、前向きに大いに羽ばたこうじゃないか」

そう言って老後のセカンドライフ概論というものを強調したときの彼の言葉が胸を突く。

むろん、人生の節目に、あるいは運命的な岐路に立たされているわけではなかったので、その言葉に振り回されることなどなかったものの、今頃になってその言葉が急浮上してくると、もう気が騒いで、日々何もすることもなく、ただ時間をもてあましている自分の姿が虚しく感じられてくる。

呼吸が乱れるたびに心が揺さぶられた。

日高にしても、美容院経営の女房を手伝いながら、お客の送迎という粋な仕事に精を出している。

これも立派なセカンドドライフ概論に当てはまるのは違いないだろう。

もっとも日高に関していえば、彼は顔に似合わず現実的で繊細な神経を持ち合わせ、そして時には感情的になって意見してくることもあった。

例えば、運転中での携帯電話の件——。前に、警察官に咎められたときのことを悔しそうに話した際は、こうである。

「運転中の携帯電話の使用は禁止されているし、そりゃ警察官から咎められても仕方ないさ。道交法は守らねばならんし、お前が悪いよ。電話が気になるなら、俺みたいに車電話にしてみろよ、車を運転しながら楽に話ができるぜ。警察官から咎められる心配もないし、事故に遭う心配もない」

ナビと携帯電話を接続すれば、車のスピーカーとマイクを使って楽に話ができるぜ、とアドバイスしてきたのである。

だが、彼のように商売で電話を使うのならともかく、仕事とは無縁の自分にとっては無用の長物でしかない。

しかし、そうして過去の出来事をいちいち意味ありげに振り返ったりするのも、仕事もせず、日々のほほんとしている自分が虚しく感じられてくるからだろうか。

思えば、現役時代は日高と同じように製紙工場で洋紙製造部門に所属し、働きバチのように昼夜を問わず、ただひたすらに働いてきた。

ただし、日高と少し違っていたのは、電気主任技術者の資格を持っていたことだろうか。工業系の大学を出ていたので職場でもその資格が活かせる分野を望んだが、実際は希望通りにいかなかった。専門の技術者が何人もいたので、その部署へ入れる余地はなかった。与えられたのは電気工事関係とは無縁の部署だった。

ただし、災害発生時など、電気工事関係の部署に応援に回されることがあったのは有資格者だったからだろうか。民間の電気工事業者も出入りしていたが、手が足りなくなると、よく応援に駆り出されたのである。

民間の業者と顔馴染みになったのは、そんなときである。何回か、彼らと一緒に仕事をするうち、退職後はうちの会社へこないかと誘いの声をかけられたのも、その頃だった。

だが、その気になれなかったのは、退職後は仕事から離れ、家でのんびり過ごしたいと思っていたからである。息子は医師として旅立ちはじめていたし、子育てに手が掛からなくなっていたことも理由の一つといえば、そう言えただろうか。

気が向いたら、いつでも連絡してくれ、と言われていたのだが、そのままになっている。

そのことを友人の日高に話すと、

「今は、技術者が足りないんだよ。声をかけられるだけでも有り難く思わなくちゃ。第一線から退いたといっても、まだ余生を送るには早すぎる、期待に応えるべきだよ……」

とハッパをかけられたが、なかなか踏ん切りがつかなかった。

その後も、日高は覇気がないのを見るなり、もっと元気を出せよ、と小言を言ったものだった。

「写真を撮るのも気晴らしになるかもしれんが、それだけでは間が持たんだろう。どんな仕事でもいい、体を動かすだけで脳が活性化してくるのなら、そうすべきだ。刺激的だし、毎日が楽しいぜ。何もせず、家でじっとしているなんてナンセンスだよ」

と意見したりした。

彼自身、お客の送迎というセカンドライフの中で、新たな活路を見出し、モチベーションを高めていたようだった。

美容がすんで頭がスッキリしたお客を自宅へ送って行った際、玄関ドアが外れかかっているのに気づいて修理したのをきっかけに、日高はお客に困りごとがあったら何でも相談に乗るぞと言い出し、独り暮らしのお年寄りたちの相談相手にもなっていたのである。

要するに、お客を送迎しながらその家の補修など、ちょっとしたボランティア活動にも新たな活路を見出していたのである。

日高は、活動の幅が広がったらしく、活き活きとしていた。共に六十五歳。定年後、すでに五年が経とうとしているが、まだ足腰はしっかりしていたし、老いる年ではないだろう。

老後をどう過ごすか――。

決まったルールがあるわけではなかったし、何をするにしても自由だったが、ただ山田のような命を賭した挑戦や、日高のような些細な店の手伝いの仕事にしても、そこに彼らの活き活きした姿が浮かび上がってくると、日々時間を弄び、のほほんとしている自分の姿がますます惨めに感じられてくるのだった。

セカンドライフか……。

なぜか、その言葉が妙に心に絡む。

六十五歳といえば高齢者の仲間入りだが、高齢者といっても最近はひと昔前のような高齢者のイメージには当てはまらないだろう。寿命が延びていたし、健康を維持しながら、柔軟な発想で八十を過ぎても現役で働いている高齢者も大勢いるのだから。

年齢とともに仕事からの引退は止むを得ないとしても、逆に年齢を重ねてから生まれる生き甲斐というものもあるだろう。中には道半ばで命を落とす者もいたのだから、何が正しいかは分からなかったが、それでもたったの一度きりの人生、何もしなければ大河の一滴も生まれてこないのなら、ワークライフバランスを保ちながら世知辛い世の中、勇猛果敢に羽ばたくのも人の道というものではないだろうか。健常者にとって、何もせず、惰眠を貪ることほど無に等しく、愚の骨頂にほかならないのだから……。

そう思うと、今にも心が折れそうだった。

5

それから数日後、人生半ばで亡くなった同級生山田哲夫を弔問しようと、遅ればせながら日高と一緒に山田家を訪ねていた。

山田の死が悔やまれてならなかった。

山田家の玄関を入ると応接間があり、その横の八畳間の座敷に小さな祭壇が作られていた。

山田の遺影は、若かりし頃のものだろうか。

ちょうど定年を間近にして、起業計画に躍起になっていたときの写真のようにも思える。髪の毛はふさふさとし、笑顔を見せながら凛とした表情を漂わせている。

位牌のそばに、白い布で包まれた遺骨が置かれていた。疲弊した地域を活性化させようと意気込んでいた、あの元気な姿はもうないのだと思うと、焼香する手が震えた。

日高も祭壇の前で感涙にむせんでいた。

「まだ、これからだというときだったのに、まったく惜しい友人を亡くしたものだ。これは運命のいたずらなのかな……。山田君、どうか安らかに眠ってください……」

と、しんみりと言ってから、そばの女性に向かって、心からお悔やみ申し上げます、と一礼した。

女性は、ことのほか美人だった。丸顔で、親しみやすい顔をしている。薄化粧だが、目鼻立ちのはっきりした顔立ちは美形である。長い髪の毛を頭の後ろのほうで束ねている。物静かなところといい、山田が惚れ込むのも分かるような気がした。

田舎の疲弊した地域で会社を起ち上げ、山田と一緒になって地域改革へチャレンジ精神を見せた女性――。どことなく気品があり、ある種の存在感を秘めているようにも感じられた。

山田が病で倒れた後も、彼に付き添い、彼の実家で最期まで献身的な介護をしてきたこと。その苦労話にも触れて、二人は女性の労をねぎらった。

女性の顔には、どこか喪失感が漂っていた。

静かに口を開く。

「彼の夢は、道半ばで潰えたのだから、さぞかし無念だったと思います。でも、やるだけのことはやって次代の人たちにバトンを受け渡す橋渡しをしてきたと思えば、彼の偉業は称えられるし、少しは浮かばれるのではないでしょうか……」

なるほど、と思った。

危機に瀕し〝賢者は橋を架け、愚者は壁をつくる〟という象徴的な言葉が胸を突く。

彼女は、彼の足跡を思い出深く振り返った後、

「忌明け法要の五十日祭が終わってから納骨しようと思っています。ご親戚の方から墓地も聞かされていますので、お父さん、お母さんが眠る墓地へ一緒に納骨しようと思っています」

と話してくれた。

そして最後に、弔問者二人の健勝を称えた後、

「今日は、よくおいでくださいました。彼も同級生の弔問をさぞかし喜んでいると思います」

と、礼儀正しくお礼を述べてくれた。

女性は、家屋敷のことや、その後の身の振り方については何も語らなかった。我々も深く詮索せず、言葉少なに山田家を後にした。

二人とも、無言のままだった。

日高と別れ、車を運転しながらも、言い知れぬ寂寥感に襲われていた。なんとなく後ろ髪をひかれる思いだった。

山田の仕事は、途中で頓挫したとはいえ、次代の人たちにバトンを受け渡す橋渡しをしてきたと思えば、彼の偉業は称えられるし、少しは浮かばれるのではないでしょうか——と、彼女が神妙に言った言葉が心に焼きついている。その言葉に、むしろ心が救われる思いがした。

解釈の仕方を将来的に飛躍させれば、山田の、その不可能を可能に変えたコンセプトや、その知恵と力量は侮れず、むしろこれは後世まで語り継がれる一種の武勇伝ではあるまいか、と思った。

なにしろ、疲弊した不毛の地での会社再建は難しいと言われながらも、彼は持ち前のバイタリティーで物の見事に倒産寸前のアルミサッシ会社を立て直し、その地域の人たちを驚かせた。資材を投げ打ったばかりか、身を挺して会社再建に尽力し、その地域の活性化へ寄与したのだから、その功績は甚大で計り知れないものがある。

道半ばで病に倒れ、会社を手放さざるを得なかったのは気の毒だったが、幸い会社は彼の遺志を継ぐ同業社によって引き継がれ、存続の危機に陥ることもなく、今なお操業している。

それればかりか、会社は活気をみなぎらせ、人手が足りなくなると近隣から更に若い人たちを雇用し、高齢者を含めた従業員数も三十人近くに膨れ上がっているというのだから、これは山田の志や先見の明が寸分の狂いもなく的確に反映されている証でもあろう。

ただ、彼の計画に多少狂いが生じたのは、言うまでもなく病に倒れてしまったからだが、それも目的達成へのバックボーンだと捉えれば、称賛そのものには変わりがないだろう。

会社は、その後も順調に推移している。工場は衛生的で快適さを保ちながら、旅行などの余暇支援策と併せ、産業医の配置や健康診断など従業員の福利厚生制度の充実にも力を入れ、労働者環境を幅広くサポート。寮の周りに食堂などの店もできはじめたというから、その地域の活性化の機運は会社発展とともに徐々に高まりつつあったようである。

そうして山田の志が受け継がれ、浸透していることを思うと、彼の命を賭した挑戦は伊達ではなく、命の限りを極めようとした姿は眩しく、値千金にも思われてくるのだった。

彼女から、会社の実情や、その後の経緯などを聞かされるとは夢にも思わなかったので、彼女が霊前で山田の足跡を思い出深く喋っている間中、初めて聞く言葉の一つひとつに心を震わせ、胸をときめかせていた。

車を運転している間中も、感慨深いものが押し寄せてきて、少し感傷的な気分になりかけていた。

彼女の言った言葉が更に胸を突く。

山田は、今際の際、

「死は避けて通れないもの、これは人間のもつ宿命であり、自然の摂理なんだ。この世に倒れない者などいないのであり、誰もが不本意ながら通らなければならない道なのだから、そう悲しまないで……」

と、しゃがれた声で言い残したという。

そして静かに息を引き取る直前には、

「人生で重要なのは、長さじゃない。充実したか否か、その内容なのだ……」

とも。

そんな話をした後、彼女が更に付け加えた。

「彼の人生は、短いものでした。でも彼の澱みのない目や社会を見つめる慈愛に満ちた精神は、実に素晴らしかったと思います。彼の魂は、私の心の中で今なお脈々と生き続けています……」

彼女の言葉を思い出すと、感極まって、思わず涙が溢れそうになった。

友を失い、何も手助けできなかったという一種の罪悪感や後ろめたさにも囚われていたので、彼の輝かしいライフスタイルを目の当たりにすると、張りつめていた緊張感がほぐれ、心が少しリラックスしてくるのだった。

気分的に、友人の死という普遍的な負い目から少し解放されたような感じだった。

そうしてホッと肩の力を抜いた拍子に、彼のセカンドライフを振り返り、そこに愛や幸せを運ぶ鳳凰のような高貴な姿を甦らせていると、今度は、そのセカンドライフの概念や軌跡というものが人道的な大きなうねりとなって一気に押し寄せてくるではないか。

そして、今にもその衝撃的な変動のうねりに飲み込まれそうになった瞬間、ハッと息を呑んだのである。

胸が熱くなっていた。

「セカンドライフか……」

と呟き、思わず心を震わせたのだった。

息子のときと同様、またもや、老後のカルチャーショックに襲われていたのである。

老後の生き方に不安や戸惑いを感じはじめていたので、このときもショックは隠しきれず、一瞬、頭がクラクラとしてきたのは言うまでもなかった。

山田の刺激的な生き様をオーバーラップさせているうち、何か大切なものを見落とし、人間不信に陥っていたような気がしてならなかった。日々何もせず、ただじっと手をこまねいていることに閉口していたので、もはやそんな生活態度を改めない限り老後の健全で合理的な生活リズムは掴めないだろう、と危機感を募らせていたのである。

むろん、彼のような英知に長けたセカンドライフは難しいと思ったものの、一方では何かに挑戦する気持ちさえあれば、自ずと道は開けてくるだろうし、そうして自身の存在感が異彩を放つのなら、こんな意義深いことはないぞ、と山田が生前さりげなく言った言葉が重くのしかかってくる。

定年退職後は、気が抜けたように覇気をなくしていたのは事実だったし、カメラを手にあちこち散策していたのも能無しの自分を正当化するための詭弁だったような気がしてならない。

老後は、世間の煩わしさから解放され、静かに余生を送るのも悪くはないだろうと思っていたはずなのに、実際は、有り余る時間に手を焼いていたばかりか、刺激もなく、あまりにも退屈すぎるという余生ならではの閉塞感や孤独感は憂鬱極まりなく、自分でもうんざりしていたのだから。

――これでいいのか、という戸惑いや不安……。

車が信号機の手前で停まったときも仏頂面をしながら、しきりに何かと闘っていた。信号機が青に変わって、再び車をスタートさせる。その何気ない行為にしても、ふだんと違って、ハンドルを握る手がどことなくぎこちない。

走行中、突然、妖光が射してきたのは、心の中のもやもやとしたものを払拭しようと神経を尖らせていたときだろうか。

そして、対向車とすれ違った拍子に、衝撃的な光景に見舞われて思わずドキッとさせられたのである。

急に胸が抉られそうになった瞬間、これは一体どういうことなのかと驚愕し、理由もよくわからぬまま、その衝撃的な事象の中に飲み込まれていたのである。

それは全く不思議な現象だった。

そのときの心境を換言するなら、思考しながら川底へ網を張り巡らせているうち、網にかかった獲物を捕らえたときの手応えに似ていたが、よもや目的以上に複雑な様相を呈していたのは、事の真相が脳細胞を刺激するほどの繊細さを帯びていたからだろうか。

大袈裟に誇張して言えば、頭の中は、これまで経験したことがないような突発的な錯乱状態に陥っていたのである。

もともと自己顕示欲が強かった。だから、根底に流れていた妙なライフスタイルや陳腐な価値観などに終止符を打たない限り、この悶々とした思いからは解放されそうもなかったので、家に着いてからも心の動揺は収まらず、そわそわして落ち着かなかった。

憂鬱な気分だった。

香典の返礼品を座卓に置いて、その前に腰を下ろした。それから腕組みをし、しきりに考察を繰り返す。

何の変哲もなく、ただ息を吸っているばかりの無力感著しい生活に愛想をつかせていたのは自分自身なのだし、古臭い固定観念からの脱却や、陳腐な価値観なども排除される分子にほかならなかったので、顔を歪めながら負のループから脱するきっかけを見出そうと躍起になっていたのである。

そうして考察を重ねるうち、錯綜する複雑な心境の中から、ようやく一つの衝撃的な道筋が見えてきてハッと目を輝かせたのは、それから数日経ってからであろうか。

そのときの衝撃的な内容とは、こうである。

その頃、心の根底に流れていたのは先人たちの〝晴耕雨読〟というライフスタイルがそれであり、彼らのロマンチックなユートピア思想というものに傾倒していただろうか。

老後は、世間の喧騒を離れ、静かな片田舎で心静かに悠々自適の生活を送ることを意味するなら、これは定年退職後の自分の生活を象徴するようなものであったし、その心意気が先人たちから受け継がれた優雅な生活を送るためのスタンスと何ら変わりがなかったのだから、それに甘んじる気持ちは捨てきれなかったのだ。

なにしろ仕事第一主義で、これまで三十有余年も脇目も振らず働きバチのように一心不乱に働いてきたこと。子育てという親の役目を終えていたことや、現に医師としての息子の成長も見届けていたのだから、老後の生活はストレス社会から解放され、心身を癒しながら自由気ままに時の流れに身を任せ、自然と老いてゆく……これも人生であり、孤高の生き方なれば、とやかく言われる筋合いはないだろう、と自負していたのである。亡き父親がそうであったように、である。自分の人生も、終わったのだ、と……。

そして、劇的な出来事に出くわさない限り、そのライフスタイルは覆されることはないだろうと思っていたのだが、豈図《あにはか》らんや、ここへきて同級生の死に接するなど諸状況によって老後の生き方に難癖をつけられると、その解放的で奔放なライフスタイルが色あせ、むしろ息苦しく、見直しを迫られてきたのだ。

つまり老後の余暇時間の思わぬ落とし穴、というより余暇時間特有の優雅な生活感は、老後の感動的な過ごし方を示唆する一種の幻想に過ぎず、とりわけ自分の場合、あまりにも退屈すぎるという余生ならではの閉塞感や孤独感は憂鬱極まりなく、心苦しい限りであったこと。

　山田のような命を賭したセカンドライフに刺激されてからというもの、彼のその輝かしい琴線に触れるたびに心を豊かにする方法は何かとか、心を震わせ、そのポジティブ思考への転換を余儀なくされていたのである。

　振り返ると、どうやら視点の問題で、これまで頑なに感情的になっていたらしい。先人たちの思想に固執していたのである。

　要するに、晴耕雨読の概念は、何もすることがなかった時代の古典的な指針にほかならず、今日のように携帯電話やインターネットなどＩＴ化が進んだ煩雑な時代では、何もせず、家でのほほんとして余生を送ること自体、時代の流れに反して間尺に合わないとか、現実的ではなかったこと。

　むしろ現実的で有益な選択肢が迫られてくるのなら、その選択肢は新たな付加価値を生み出す糧であるばかりか、浮き沈みの激しい世の中、社会を元気づける必要不可欠な要素ではあるまいか……。

そう考え直すと、気持ちが一変し、新たな自画像が描かれたような気分だった。しかし次の瞬間、今までそのことに気づかなかったのはなぜなのかと訝《いぶか》ることになったが、そう自分を責めたりはしなかった。

人間の感情は、状況に応じて絶えず変化する。

例えば、定年退職時、老後は過酷な労働から解放される一方、子育てという親の義務感からも解放されていたことなどを顧みれば、この一挙両得の歓びは侮れず、しかも身体を労わりながら家でのんびりしたいという気持ちには変わりがなかったし、実際、老後を意義深いものにしようという殊勝な考えなどは毛頭浮かばなかったのだから。

これも正しい選択であり、そう気を使うことでもなかったのだ。そして今の悶々とした堅苦しい生活にしても、老後特有のごく自然な成り行きでそうなったのであり、自ら蒔いた種ではないだろう。

ただ、問題は感情のもつれから独自の思想に亀裂が入り、精神的な負い目に陥っただけに過ぎない……。

そう弁解しながらも、混沌とした心の内を覗いていると、追い打ちをかけるように過去の重々しい空気が今更のように押し寄せてきたのだから、これは〝一難去ってまた一難〟という類で、更に頭を痛めなければならなかっただろうか。

振り返れば長年、製紙工場に勤めていた経験から労働によってもたらされる歓びや感動は、常に過酷な労働と表裏一体であったと思うのである。

要するに、そこから生まれる精神的高揚のリズム感というものこそ宝物のように甚大であったし、しかもそのプロセスは苦悩極まりない難攻不落の場面を前提に成り立っていたこと。つまり歓びや感動は、そう易々と生まれるものではなかったし、例えば息子の成長を見たときもそうだったが、苦しみの中にこそ歓びや感動が見え隠れしているのなら、逆説的に、その難攻不落の場面を設定し、その状況下に身を置かなければ感動的な成果は生まれてこなかったこと。いわば、そんな錯誤的な感覚や、ひねくれた感情が微妙に絡んできたことが、独創的な発想に支障をきたす要因だったのではあるまいか。

更に続けるなら、過去の労働生活の中で培われた巨大な時間軸の問題――つまり三十有余年という長き時間経過の中で、苦楽を共にしてきた過去の思い出一つひとつを懐かしむと、その誇り高い足跡が感無量となって跳ね返ってきたのは、その時間的経過に伴う思い出の整合性からも過去の足跡をないがしろにするわけにはいかないという思いや、単なる思い出に過ぎなかったにしろ、そのしがらみや懐古の情から抜け出すのは心情的にも忍び難く、しかもその巨大な時間軸から目をそらすのは容易ではなかったこと――いわば、こんな心の動きも事態をややこしくさせていた背景ではないだろうか。

新たな自画像を描いている矢先の出来事で、気持ちが躍動するたびに、そんな過去の思い出がトラウマのように蒸し返されてきたのだから、さすがに心が頓挫し、行く手が遮られたような気分だったのだ。

しかし、賽は投げられた。

今更、後戻りはできない。

光明の灯りが消えたわけではなかったので、心に漂う不穏分子などを見直さない限り明るい未来像は描かれそうもなく、心してアイデアを詰めていく。

心に沁みついた過去の足跡を見ると、確かに喜怒哀楽に伴う思い出が数多く残されている。それらをもっと詳しく分析すれば、心の迷いとか、不穏分子などが見直され、問題の本質が見えてくるのではないだろうか。

そうして新たな視点で自己再生への道を模索していると、俄かに気持ちが活気づいてきたのである。

例えば、目の前に立ちはだかる過去の思い出やしがらみにしても、そもそもの発端といえば、子育てという親の義務感の上に成り立っていたことは言わずと知れたことだったし、いわば一家を養うという大黒柱の真の姿がそこにあったこと。

そして労働に関しても、労働を通して得られる精神的高揚や歓びが過酷な労働と表裏一体であったことも言を俟《ま》たなかったのだから、その身を削るような実体験こそ感動的な功績を産み出した証しにほかならず、未知なる時代を切り拓くための大きな原動力だったことは言うまでもないだろう。そして過去の産物となった今でも、心に残る思い出の一つひとつが感無量となって浮かび上がってくるのは、過酷な労働の称賛の気持ちからと、その実態をないがしろにするのは精神的にも忍びないという気持ちが強く働くからではないだろうか。

要するに、過去を思う気持ちが強ければ強いほど思い出の蓄積が逆風となって表れ、心の中に押し寄せてきたこと。つまり、そんな途方もない逆風が大きなうねりとなって前向きの風を妨げ、新たな自画像形成へブレーキをかけていたのではあるまいか。

一瞬、虚を突かれたような感じだったが、視点を変えれば、これも正しい解釈だろうと思い直すと、急に胸が奮い立った。

複雑な心の動きに光を当てながら問題点を抽出している矢先のことで、そこに問題点が潜んでいることに気づかされると、この降って湧いたよう明るい兆しに、思わず息を呑んだ。

逸る気持ちが加速し、背筋に冷たいものが流れた。

つまり、こういうことだった。

逆風とは、過去の思い出が詰まった集合体であり、いわゆる自身の分身の賜物にほかならなかったこと。仮にも不穏分子の様相を見せていたとはいえ、それは視点の問題でそうなったに過ぎず、貴重な体験を無にすることはできない。見方を変えれば、斬新な風を妨げる障壁にはならないだろう。むしろ思い出が詰まった逆風を追い風に変え、うまく利用することこそ理に叶った捉え方ではあるまいか。自己再生の道を模索中だったのだから、そんな気持ちを後押しするような力強い風に変えれば、こんな意義深いことはない。有益なタマゴを産み出すであろう、と……。

そうして発想の転換を図っていると、意外なところに答えが潜んでいることに驚かされ、ハッとさせられたのだった。

どうやら一筋縄ではいかない気難しい性格が災いし、これまで物事をややこしくさせていたらしい。

心のしこりが取れて、生き返ったような気分だった。

澱んでいた心が徐々に払拭され、みるみるうちに青空が胸に広がってきたではないか。

心の邪推の中にようやく混乱の全貌が見えてきたのだから、これは雨が降らなければ虹が出ないのと同じように〝災い転じて福と為す〟という諺と同等のことが言えただろうか。

そこに道理や常識というものを感じ取っていたので、ようやく解決の糸口を掴んだような気がして「これだ！」と思わず心を震わせたのだった。

しかし、よくよく考えれば、感情のもつれから心のわだかまりがつきまとったとはいえ、元を正せば自身の不甲斐ない性格に端を発するものだったのだから、こんな七転八倒するような展開は、後にも先にも初めてのことではなかっただろうか。そして何と言っても右往左往しながら自問自答を繰り返さなければならなかったのだから、これも独り相撲の感がして癪に触って仕方なかった。

そう心の内を見つめ直しながらも、快い分析に気を良くしていると、顔面が紅潮し、感動と喜びが一気に噴き出してくるのであった。

座卓の前で、ホッと吐息を漏らす。

女房はパートへ出かけていたし、家には誰もいなかった。

先ほどからインスタントコーヒーを飲みながら揺れ動く心の内を探っていたのだが、こんな形で澱んだ心が払拭され、逆に明るい兆しが見えてくると、もう心が弾み、新境地へ辿り着いたような気分だった。

が、その一方で、今まで過去の思い出やしがらみが一種の足枷のようになっていたことを振り返ると、これは忘却の念というか、記憶が薄れることへの警戒心からだろうか、と勘ぐる。むろん悪いことではなかったとはいえ、固執するあまり問題をややこしくさせていたのであれば、一筋縄ではいかない煩わしい性分が浮上し、このときも事態を悪化させていたというべきか。

すでに心の整理はついていたのだから、今更気をもむことはなかったが、過去を振り返ると、心の動きは実に難しい、とつくづく思うのだった。

そして、そのとき感じたことは、物事をそう難しく考えず、もっと謙虚になろう、ということだった。

道には紆余曲折はつきものだし、たとえ回り道だったにしろ、必ずどこかへ辿り着くのだから、そう心を痛めることでもなかったのでは、と開き直ったりした。

この年になって、こんな心境の変化は、まさに驚きの連続だった。

もっとも世知辛い世の中、巷の一般的な解釈とも相俟ってポジティブ思考の醍醐味というものが新たな息吹となって浮かび上がってきたのだから、神経質で優柔不断、不器用な者には、これ以上の歓びはなかったのである。

それは例えば、友人らによって触発された心の変化に違いなかったとはいえ、もともと心の奥に潜んでいた古典的な思想形式からの脱却に端を発するものだったのだから、長寿社会を迎え、折り返しのない長い人生をどう生きるかという命題に際し、否が応でも気持ちの切り替えを図らなければならなかったこと。

いわば、これは居場所を求めるシニア層ならではのダイナミックなサインというものにほかならず、老後のセカンドライフを意義深いものにするための運命的な気運だったであろう、と思うのだった。

そう思うと、心が休まった。

生まれてこの方、精神的に追い詰められることなどそうなかったのだから、感情の変化に伴う心の安寧は難しいな、と思った。

心が落ち着くと、亡き山田同様、煩雑な社会を見つめ、慈愛に満ちた精神で自分なりに老後を意義深いものにしていこうという気持ちでいっぱいだった。

むろん、そんな反応はあまりにも立派過ぎたが、それでも多角的な視点で老後のコンテンツを咀嚼していると、清掃のボランティア活動や祭りの炊き出し支援など老後特有の関わり方は随所に見られたし、高齢者イズムの価値観の創出があちこちで求められているのなら、気持ちを切り替え、複雑怪奇な世の中、勇猛果敢に取り組んでいくべきではあるまいか、という気持ちに変わりはなかったけれども。

物事に翻弄されず、冷静に全体を俯瞰できる広い視野と心のゆとりが生まれていたと思う。

一皮むけたような新たな自分を意識していたし、座卓の前で、すっかり冷え切ったコーヒーを飲んでいるときも、肩の荷が下りてホッと胸をなでおろしていた。

後日、それは山田の自宅弔問から数日経ったときだった。能天気な自分のことをあれこれ評するのは心苦しい限りだったが、それでも精神的な混乱から解放されたときに口から出た後悔や反省の弁とは「人生は常に不安定な存在であり、奇策などはどこにもなく、自ら考え、地道にコツコツと歩いて行くほかはないだろう」……。

その後、女房に心の内を打ち明けたのは、何日かして更に落ち着きを取り戻したときだったが、女房は夫の心情を酌んでいたのか、同情的な言い方をした。

「家でじっとしているよりも外で働いたほうが刺激があっていいし、健康にもいいじゃないの。自分の意思に沿ってみたら……」

ただし、根を詰める性格は逆効果もあり得るし、あまり無理をしない程度で、と念を押す。

心を決めると、満を持して、あの電気工事会社のことが浮かび上がってきたのである。明日にでも、電話をかけよう、と思った。

その気になったら、いつでも電話をしてくれと言われていたのだが、まだ有効かどうかは分からない。あれからかなり時間が経っていたし、まだ技術者を求めているかどうかも不明だった。

だが、妙に心が弾む。

六十五歳を過ぎた高齢者だとはいえ、働こうと思えばまだ十分働ける年齢だろう。まだまだ生産的な仕事はこなせると自負していたし、これまでに培ってきた豊富な経験や知識は十分活かせるはずだ、とも思っていた。

買い物に出かけた際、その会社へ電話を入れると、あいにく代表者は工事現場へ出かけて留守だった。再度、連絡をすると伝えて電話を切った。

その会社が雇ってくれるか否かは別としても、方法なら他にもあるはずだし、要は心の持ち方次第で気持ちが楽になるのなら、その準備だけでもしておけば、転ばぬ先の杖になるだろう、と思った。

この年になって、定年退職後の生き方や老後の人生をどう過ごすかなどと仰々しく自問自答し、人生観の考察に葛藤させられるとは夢にも思わなかったので、これは人生における大きなターニングポイントと言わなければならなかったであろうか。

もしかしたら、山田自身も生前、癌により余命宣告を受けてからというもの、同様に感情が一変し、あるいは自分以上に老後の生き方に悩み苦しみ、その過酷なプロセスに頭を痛めていたのではあるまいか、という気がしてくる。

その心境を考えると、胸が痛む。

もっとも考え方には個人差があり、どこに正論が潜んでいるかは分からないのだが――と、さんざん考えさせられた末、人間のモラルとか道徳というものに囚われているうち、独自の健全で魅力的な方向へ舵が切られていったのだから、心を決めた今となっては、立ち止まっているわけにはいかなかった。ある程度の紆余曲折は覚悟しながら前に進んでいこう、と……。

その日も女房が仕事に出かけた後、洗濯物などを干し終えてから、いつものように座卓の前に座っていた。インスタントコーヒーを飲みながら、今度のことをゆっくり振り返っていた。

山田の死に伴って錯乱したのは、むろん自分自身であったが、後になって全貌が見えてくると、その屈折したような不憫な姿が他人事のように感じられてくるのは、苦境に際し、よもや己の瑞々しい感性が研ぎ澄まされてくるとは思いも寄らなかったからだろう。

お酒が五臓六腑に染み渡って不純な心が浄化されるのと同じように、何となく酔いしれたような気分だった。その陶酔の度合いは、お酒とは少々趣を異にしていたとはいえ、気持ちが朗らかに好転する兆しに変わりがなかったし、このうっとりした気分はお酒同様、値千金にも匹敵するものでもあったと思う。

今や、社会情勢に目を向ければ、インフレや経済変動のリスクが人々の暮らしを脅かしている。高齢者を取り巻く社会環境も安泰とは言い難い。社会の煩雑な状況に目を向ければ、退職後の余生という言葉は、もはや死語になりつつある。かつてのように子供が老後の面倒を見てくれる時代でもなければ、まして老後の生活が完全に保障されているわけでもないのだから、老後の生活を見直す一環としての心構えだけは構築しておかねばなるまい、と思った。

山田のような高貴な精神に触れ、彼に追従するためにも老後は自分なりにプライドを持ち、勇猛果敢に邁進していこう、とまた気持ちを新たにする。

なにしろシニア世代にとって、老後の生活難のテーマはずっしりと重量感を伴って跳ね返ってきたのだから、気持ちを新たな方向へ切り替えながら、たえず諸問題と対峙しなければならなかった。

高齢化時代を迎え、シニア層ならではの老後特有の生き方――というより老後の知的混乱に伴う意識改革や活き活きとした生活活性化術が求められてくるのなら、その起爆剤としての効果は人それぞれ見逃せない重大な課題であろう、と思うのだった。

コーヒーを口にしながら、そうして再三にわたり己の心を見つめ直していると、今まで以上に物事の良し悪しとか、老後の暮らし方というものが現実味を帯びてきて、新たな自分というものを強く意識するのだった。

先ほどから座卓に座ったままだったが、時間とともに心が朗らかになっていく様は、快感そのものだった。パソコンの前で写真整理をしながら心を弾ませるときと同じように……。

また自然と笑みが漏れていた。

パソコンで社会のニュースをチェックしているときも、紛争が絶えない世界情勢に感情が揺さぶられることはあっても、自身の一貫した心に変化をきたすようなものは何もなかった。

要するに、生まれ変わったような新たな自分というものを再認識するなら——多少の紆余曲折はあったものの、世間の偏見や風潮に耳を傾ければ、息子が指摘するように何もせず家で惰眠を貪るのは愚の骨頂にほかならないとか、山田や日高のような定年後のセカンドライフにしても、その活き活きとしたライフスタイルは実に素晴らしく、限りなく人と人との温かい交流が生まれてくるのなら——退職後のセカンドライフは老後を豊かにする精神的なツールにほかならず、その選択肢はむしろ侮れないであろう……。

6

その日も、ハンドルを握る手は軽やかだった。

車を運転中も、躍動的な心の動きを何度も反芻していたので、一瞬クラクションが鳴って、ハッと我に返ったほどだった。

マイペースで車を運転していたので、どうやら先を急ぐ後続車両がイライラしながらクラクションを鳴らしてきたらしい。

ウインカーをつけながら車を左側に寄せ、後続車両に道を譲った後も、頭の中は熱く燃え上がっていた。

買い物をし、帰る途中だった。

老後の過ごし方に閉口していたので、その煩雑な壁をどうにか乗り越えられたという達成感や満足感は、自身のモチベーションアップにつながるものでもあったので、その感動的で目を見張るような精神的充足感に、うっとり酔いしれていたのである。

そんな姿を、亡き山田同様、苦悩し葛藤するシチュエーションの中に重ね合わせるなら、その気になればダメな男でも何かに触発されて奮起する姿は雄々しく伊達ではないぞ、と密かに自慢したくなったりしたのは自分でも愉快であった。

亡き同級生のことが頭から離れず、しかもその姿をムダにしてはならないという気持ちや、その気概は、己を厳しく律する原動力の一つでもあったので、たとえ自意識過剰による自画自賛的な要素が強かったにしろ、自分のような何のとりえもない凡人に限って老後の備えを特化させるなど、そんな気高い精神論的気風に染まること自体、信じがたく、よもや夢にも思わなかったのだから、その変貌ぶりは、驚きと同時に称賛にも値するものであったと思う。

車を運転しながらも、ひと皮むけたような自分に気を良くして我ながら満足そうに笑みを浮かべるのだった。

それから、また肩で大きく息をついた。

心は、澄んだ青空のようにスッキリしていた。

頭の中は、先の長い老後を見据え、自分なりに素敵なセカンドライフを描いていこう、という思いでいっぱいだった。

そして、これからがいよいよ本番だと思った。

むろん、老後の世界観は未知なる分野に変わりがなかったし、一抹の不安感は拭い切れなかったが、それでもどんな状況にも屈しない強い精神力と毅然とした態度さえあれば、少々の障壁は乗り越えられるだろう、と肝に銘じた。

その夜、床に就いたときも、なぜか妙に興奮していた。

例の会社からは、何の音沙汰もなかった。

次の日の午後、コインランドリーへ敷布団洗いに行った後、生鮮市場に立ち寄っていた。老人ホームへ勤めに出かけた女房に代わって、その日も家事の雑務などをこなしていたのだ。

生鮮市場へ足を向けたのは、息子へ地元の特産品を送ろうと思ってのことだった。ミカンなどの新鮮な果物を展示、販売中という新聞のチラシを見て、生鮮市場での買い物を思いついていた。

息子には結婚を約束した、同僚で女性の医師の恋人もいたので、彼女にも地元の特産品を食べてもらおうと少し大きめの化粧箱入りのミカンを買い求めていた。

恋人の女性の医師は、息子より一つ年上だった。送られてきた写真を見ると、聴診器を首から下げた白衣姿の女性が写っていた。丸顔でメガネをかけているが、品のある美しさは内面から滲み出るものなら、その眼差しといい、女性の魅力を存分に漂わせている写真だった。

写真を見るなり、

「息子のお嫁さんになる人なのね、気品や上品さが感じられる、美しい人だわ。式の予定は来秋と言わずに早く一緒になれたらいいのに……」

と、女房がもどかしそうに言ったのを覚えている。

買い物をすませると、その帰り道、再度、例の会社へ電話を入れ、自分の電話番号を伝えていたのだが、何の連絡もなかった。しばらく様子を見よう、と思った。

広い通りに出ると、車がひっきりなしに走っている。

交差点で車を停めた。信号は赤から青に変わり、また車をスタートさせる。スムーズに交差点を通り抜ける。

老後のセカンドライフ概論――。

以前のように物事に拘り、混乱することはなかった。発想の転換で、心が穏やかになっていた。縁がなければ、他を当たればいい。仕事が見つかれば、死力をもって尽くす。ただ、それだけだ……。

妙に、心に余裕が生まれていた。狭い道路を通って自宅へ向かっているときも、心は穏やかだった。ハンドルを操る手は、軽快だった。

緩やかなカーブを曲がろうとしたとき、突然、携帯電話が鳴ってドキッとしたが、そう慌てなかった。改良した大きなルームミラーで後続車両に目を向けるが、怪しい車は見当たらなかった。

が、携帯電話を手にすることはできない。携帯電話に気を取られているうち、誤って車を側溝に落とした人の話も聞かされていたので、用心に越したことはなかった。

電話は、息子からだろうか？

あれから、ひと月が経とうとしている。

息子の苦言を思い出しながら、

「言わんとしていることは分かっているぞ……」

と、こちらから先手を打とうと待ち構える。

確かに、お前の言う通りだと思う。

これからの先のこと、老後の過ごし方や長い人生のことを考えれば、このままでいいとは思っていない。どうすべきか、親としての心意気を話してやろうじゃないか……。

そう心に描いていると、着信音が切れた。相手は、電話に出られない理由を悟っていたようだった。

道路の左側に広い路肩を見つけて、ようやく車を停める。

電話の着信履歴を確認すると、案の定、電話の主は医師の息子だった。息子は、医大付属病院で研修医をしていたが、夕方近くになっていたので、少し時間的な余裕でもできたのだろうか。

医師として患者と真摯に向き合い、診療ばかりか、生命維持に関わる高度な医療技術の研鑽とか、医療現場での高い倫理観を身につけるなど、医師ならではのハードなスケジュールをこなしている。

そんな息子の研修医生活も終わりが近づいてきただろうか。

将来的には、何年か修業を積んだ後、医師不足が深刻化している地域での医療現場を支えたい、と大きな夢を描いている。

そんな我が子の姿を思うと、誇らしく見えてくる。そして一種の優越感ともなって我が身に跳ね返ってくる。人知れず自慢したくなったりするのも賢い子を持つ親の欲目だろうか。

電話をかけ、呼び出し音を聞きながら、今度は、息子が電話に出るのをじっと待つ。が、なかなか電話に出ない。

携帯電話を耳にあてながら、前方に目を向けると、西の空一面、オレンジ色で鮮やかな夕焼け空が見て取れた。

幻想的で、実に美しい光景だった。

呼び出し音を聞きながら、夕焼け空に見惚れていると、ふとカメラの被写体のことを思い出し、これも心を豊かにするバリエーションの一つだろうか、と目を輝かせる。

六十五歳を過ぎた高齢者とはいえ、まだまだ人間のもつ感性は健在だったし、自然の織りなす壮大な景観に触れ、感極まる気持ちは少しも衰えていなかったのだから……。

著者プロフィール
黒木 登（くろき のぼる）
1948年茨城県生まれ、宮崎県育ち。
国士舘大学中退。ローカル新聞社記者を皮切りに印刷会社など数社を転職。
60歳定年を機にシルバー人材センター会員に。
現会員、理事。宮崎県日南市在住。
著書に『青二才の時間の幻影』（幻冬舎）がある。

男たちのセカンドライフ

2023年12月15日　初版第１刷発行

著　者　黒木 登
発行者　瓜谷 綱延
発行所　株式会社文芸社
〒160-0022　東京都新宿区新宿1－10－1
電話　03-5369-3060（代表）
03-5369-2299（販売）

印刷所　図書印刷株式会社

ISBN978-4-286-24742-7